IMAGENS DE UMA VIDA

© 2010 Martins Editora Livraria Ltda., São Paulo, para a presente edição.
Dalai-Lama, *Images d'une vie* © Éditions Hoëbeke France, 2008.
Esta obra foi originalmente publicada sob o título *Images d'une vie*.

Publisher *Evandro Mendonça Martins Fontes*
Produção editorial *Luciane Helena Gomide*
Produção gráfica *Sidnei Simonelli*
Diagramação e capa *Triall*
Preparação *Mariana Echalar*
Revisão *Beatriz C. Nunes de Sousa*
Denise R. Camargo
Mariana Zanini

1ª edição *2010*
Impresso na Itália

Dados Internacionais de Catalogação na Publicação (CIP)
(Câmara Brasileira do Livro, SP, Brasil)

Tenzin Gyatso, Dalai-Lama XIV, 1935 –
　Imagens de uma vida / texto de sua Santidade, o Dalai-Lama e de Claudine Vernier-Palliez ; prefácio de Matthieu Ricard ; tradução Maria Alice Araripe de Sampaio Doria. – São Paulo : Martins Martins Fontes, 2010.

　Título original: Images d'une vie.
　ISBN 978-85-61635-51-0

　1. Biografias religiosas 2. Budismo – Tibete 3. Budistas – Biografia 4. Dalai-Lama, XIV, 1935- 5. Vida espiritual – Budismo I. Vernier-Palliez, Claudine. II. Ricard, Matthieu. III. Título.

10-00741　　　　　　　　　　　　　　　　　　　　　CDD-294.3923092

Índices para catálogo sistemático:
1. Dalai-Lama : Biografia : Budismo tibetano　294.3923092

Todos os direitos desta edição no Brasil reservados à
Martins Editora Livraria Ltda.
R. Prof. Laerte Ramos de Carvalho, 163
01325-030 São Paulo SP Brasil
Tel.: (11) 3116.0000 Fax: (11) 3115.1072
info@martinseditora.com.br
www.martinseditora.com.br

Dalai-Lama

IMAGENS DE UMA VIDA

Textos de Sua Santidade, o Dalai-Lama
e de Claudine Vernier-Palliez
Prefácio de Matthieu Ricard

Tradução
Maria Alice Araripe de Sampaio Doria

Prefácio

O 14º dalai-lama, um retrato íntimo

Na Índia, no sopé da massa escura e imponente dos picos himalaicos, o povoado de Dharamsala dorme tranquilo. Algumas luzes pálidas se acendem no alto de uma colina arborizada. O 14º dalai-lama acorda. São três horas da manhã. Assim começa, com oração e meditação, o dia de uma das pessoas mais extraordinárias do nosso século. Onde quer que esteja e sejam quais forem as circunstâncias, todas as manhãs o chefe espiritual e temporal do povo tibetano medita por quatro horas. Uma meditação que é, antes de tudo, uma oração profunda dedicada à felicidade dos homens.

O quarto é simples, forrado de lambris de madeira envernizada, sem nada que lembre a rica decoração habitual dos templos tibetanos. No pequeno altar, há uma estátua de Buda, fotos dos mestres espirituais do dalai-lama e textos sagrados. Por volta das seis horas, enquanto ouve as notícias na BBC, ele toma o café da manhã com apetite, pois, como todos os monges budistas, não come à noite. Depois, continua a meditar até umas oito ou nove horas.

O dalai-lama faz questão de manter essa disciplina a qualquer custo, da qual extrai a força de que tanto precisa para continuar sua incansável atividade em prol da causa tibetana. Para terminar a meditação, vai a uma sala onde estão guardadas preciosas relíquias trazidas do Tibete. Entre elas há uma estátua de Buda esculpida em madeira de sândalo, do tamanho de um homem, oferecida ao dalai-lama pelos fiéis que conseguiram salvá-la da destruição infligida pela invasão chinesa. Diante da imagem sagrada, que imagina ser Buda em pessoa, ele se prosterna 108 vezes: humilde homenagem que o dalai-lama presta não a um deus, mas ao Despertar, o conhecimento supremo.

Nas estradas da compaixão

Um dia típico do dalai-lama na sua residência em Dharamsala parece simples e tranquilo. No entanto, durante a maior parte do ano, essa programação ordenada do dia é alterada em função dos ensinamentos que transmite, na Índia ou no estrangeiro, a multidões que às vezes reúnem centenas de milhares de fiéis e do turbilhão de viagens pelo mundo. A necessidade de responder às aspirações de todos e defender a causa do Tibete – sufocado pela pressão totalitária do regime comunista chinês – exige, desse infatigável peregrino da paz, uma atividade durante a qual os momentos de descanso podem ser contados em minutos. Apesar desse ritmo a custo suportável, Kundun mantém a mesma serenidade, a mesma sinceridade. Diante de todos, do visitante ao viajante com quem cruza no aeroporto, ele está total e imediatamente presente, com um olhar transbordante de uma bondade que penetra no coração para aí depositar um sorriso e partir de forma discreta.

Mas bondade não é fraqueza e, quando surge a ocasião, a força do orador se manifesta de repente. Ele declara com frequência: "Meu combate pelo povo tibetano não é dessas batalhas que terminam com um vencedor e um perdedor, ou, como na maioria das vezes, com dois perdedores; o que luto para conseguir, com todas as minhas forças, é a vitória da verdade".

Ele sempre explica que a razão principal de todas as suas viagens é promover os valores humanos e contribuir para um melhor entendimento entre as religiões. Para ele, está claro que a educação que tem por fim desenvolver a inteligência dos jovens e lhes fornecer uma grande quantidade de informações não é suficiente. "Aqueles que prepararam o atentado de 11 de setembro de 2001 fizeram isso com muita inteligência. Mas eles se valeram dessa inteligência para cometer um ato tão impensável quanto usar como bomba um avião cheio de seres humanos para matar outros seres humanos." Portanto, ele reforça, é indispensável ajudar os jovens a desenvolver qualidades humanas que lhes permitam fazer um uso sábio e altruísta de sua inteligência.

Segundo o dalai-lama, é igualmente essencial perceber que é o nosso espírito que vivencia a felicidade e o sofrimento, e que estamos no caminho errado se esperamos encontrar a felicidade fora de nós mesmos. Em uma visita a Portugal, onde notou uma grande atividade na área da construção civil, ele utilizou um recurso contundente para ilustrar esse ponto: "Se alguém que se muda para o centésimo andar de um prédio de luxo for infeliz interiormente, tudo o que vai procurar é uma janela para se jogar". Portanto, é essencial encontrar a felicidade por meio de nós mesmos e compreender que nossa felicidade está intimamente associada à felicidade do outro.

Nada disso exclui o bom humor e a simplicidade. Quantas vezes eu o vi, depois de se despedir de um presidente ou de um ministro, ir apertar a mão do porteiro na guarita ou da telefonista atrás do vidro e sentir um prazer maroto em dar um tapão nas costas de um guarda republicano imóvel, de sabre na mão e em seu magnífico uniforme – estupefato, mas feliz por alguém tratá-lo como um ser humano. Quando Danielle Mitterrand, mulher do ex-presidente francês, visitou o dalai-lama em Dharamsala, ele a levou para conhecer o lugar. Ao chegar diante da estátua de Buda que fica no templo do mosteiro, ele mostrou respeitosamente a estátua com a mão e disse: "My boss!".

Esse poder inexplicável da compaixão aparece ainda mais claramente nos encontros imprevistos. Eu lembro que por ocasião do concerto da Anistia Internacional em Bercy, em 11 de dezembro de 1999, o dalai-lama, convidado surpresa, subiu ao palco superiluminado entre duas apresentações de rock: 15 mil jovens se ergueram como um único homem, em uma colossal ovação ao apóstolo da não violência. Em seguida, eles ouviram, em um silêncio pouco habitual nesses locais, as palavras calorosas que ele lhes dirigiu. Quando o dalai-lama terminou, uma imensa ovação elevou-se novamente no local. Como explicar tal unanimidade, tal grito do coração vindo de uma multidão não preparada para recebê-lo? Lembramo-nos de Gandhi, de Martin Luther King... A multidão percebeu a grandeza do coração do dalai-lama.

Uma pesquisa realizada na Alemanha revelou que 33% da população considerava o dalai-lama a pessoa mais sábia da atualidade (14% indicaram o papa). Curiosamente, essa porcentagem era ainda mais alta entre os católicos (37%). Quase 150 mil pessoas foram ouvi lo no Central Park, em Nova Iorque. Quando perguntamos a ele por que despertava tais reações de simpatia, ele respondeu: "Não tenho nenhuma qualidade especial. Talvez seja pelo fato de, durante toda a minha vida, eu ter meditado com toda a força da mente sobre o amor e a compaixão".

Além da extraordinária afabilidade que demonstra em relação a todos, uma das qualidades que mais impressionam aqueles que tiveram a sorte de se aproximar do dalai-lama é a sua autenticidade em todos os momentos. Paul Ekman, um dos maiores especialistas mundiais em emoções, conta que em cinquenta anos de observação da expressão das emoções nunca encontrou uma pessoa cujo rosto demonstrasse os sentimentos com tanta transparência. O dalai-lama não sabe o que é hipocrisia porque não se interessa por sua própria imagem. Acho que é graças a essa autenticidade, combinada com a sabedoria e a infalível bondade, que ele faz aflorar naturalmente o melhor de nós mesmos. Quantas vezes não vi pessoas irem ao seu encontro com uma atitude presunçosa, reservada, às vezes, incrédula e voltarem alguns momentos depois com lágrimas nos olhos e um grande amor no coração? A simplicidade, a espontaneidade e a maneira como ele se interessa por todos como se fossem parentes próximos derrubam todas as barreiras. Pessoalmente, passar alguns dias com ele como intérprete é sempre para mim um banho de rejuvenescimento, espiritual e humano, e uma profunda fonte de inspiração.

Mais harmonia entre as religiões

O dalai-lama afirma com frequência: "Eu não vim para fazer um ou dois budistas a mais, e sim para partilhar minha experiência de uma sabedoria que o budismo desenvolveu ao longo dos séculos".

O espírito de tolerância e de abertura é uma das características do budismo mais apreciadas no Ocidente. De fato, o budismo é fundamentado na experimentação, e não em dogmas. Nesse sentido, podemos qualificá-lo de "ciência contemplativa". Seu campo de investigação não se concentra nos objetos externos, mas nas ocorrências mentais, nos mecanismos da felicidade e do sofrimento. A História tem mostrado quão frequentemente as religiões se transformam em fonte de grandes conflitos. Para remediar essa situação, é essencial estimular encontros entre eruditos, reuniões que permitam conhecer melhor os fundamentos filosóficos das diversas religiões e abrir o diálogo entre os contemplativos que compartilham o sentido profundo de suas experiências pessoais.

Religião, filosofia ou arte de viver?

O budismo é, antes de tudo, um caminho de transformação que tem por objetivo a autêntica felicidade. Quem quer sofrer? Quem acorda de manhã desejando: "Que eu seja infeliz o dia todo"? Consciente ou inconscientemente, todos nós aspiramos a um "bem-estar maior". Realizamos inúmeras ações para tecer laços de amor e de amizade, para explorar, criar, enriquecer, proteger os que nos são caros e nos defender daqueles que nos prejudicam. Desejar o contrário seria absurdo. Mas o budismo não se limita a algumas poucas sensações agradáveis, a um prazer intenso ou a um dia de bom humor. Essas diferentes facetas, que muitas vezes confundimos com felicidade, não podem constituir por si mesmas uma imagem fiel da profunda beatitude que caracteriza a verdadeira felicidade. Segundo o budismo, a verdadeira felicidade designa um estado de bem-estar que nasce de uma mente excepcionalmente sã e serena. É uma qualidade do ser que abarca todas as alegrias e todas as penas da existência. É também um estado de sabedoria livre do ódio, do desejo obsessivo, do orgulho e da inveja.

Um altruísmo sem limites

O componente natural da felicidade é o altruísmo que se propaga para fora em vez de centrar-se em si mesmo. Aquele que está em paz consigo mesmo contribuirá espontaneamente para a paz da família, da vizinhança, do povoado e, se as circunstâncias assim o permitirem, do seu próprio país. Por sua serenidade e plenitude, o homem feliz facilita naturalmente o bem-estar da sociedade em que vive. A transformação de si mesmo permite melhorar o mundo.

A responsabilidade universal

O amor e a compaixão andam juntos com a noção de *interdependência* que está no centro da filosofia budista. Toda a nossa vida está intimamente ligada a um grande número de seres, e nossa felicidade passa necessariamente pela dos outros. Querer construí-la sobre o sofrimento do outro é não apenas amoral, como também irrealista. Toda mudança importante que ocorra em qualquer parte do mundo repercute em cada um de nós. Devemos nos sentir responsáveis, em pensamentos e em atos, pelo bem-estar de todos os seres. Daí vem a noção essencial da não violência entre os homens, não violência em relação aos animais e não violência também em relação ao meio ambiente. Segundo o dalai-lama: "Buscar a felicidade permanecendo indiferente ao sofrimento dos outros é um erro trágico".

Uma ética laica

O dalai-lama insiste com frequência no fato de que podemos prescindir da religião, mas ninguém pode dispensar o amor e a compaixão. Sentimos necessidade de receber e de dar amor desde o dia em que nascemos até o dia de nossa morte. O dalai-lama separa a religião da ética secular, ou espiritualidade laica, cujo objetivo é fazer de nós seres humanos melhores, desenvolver as qualidades que todos temos a faculdade de gerar, sejamos crentes ou não.

Uma motivação justa

O dalai-lama nos lembra o tempo todo como é importante investigar constantemente a motivação profunda que anima nossos atos e abandonar qualquer ação que não seja destinada ao bem dos seres – ou, pior ainda, que possa prejudicá-los. Por mais simples que pareça esse princípio, é evidente que sua realização exige uma profunda transformação de si mesmo e uma honestidade intrínseca, que são as condições prévias e indispensáveis para qualquer ação justa.

Segundo o budismo, um criminoso é um doente. Um médico pode sentir dificuldade diante da doença ou da loucura de um paciente, mas seu objetivo é curá-lo, e não condená-lo ou puni-lo. De acordo com essa perspectiva, devemos ver aqueles que nos prejudicam como indivíduos envenenados pela animosidade, pela avidez, pela arrogância e pela inveja. É preciso impedir que nos prejudiquem sem, no entanto, nos tornarmos iguais a eles, agindo sob influência do ódio. Não devemos lutar contra um ser, e sim contra uma emoção ou um comportamento. Temos de tentar ajudar o criminoso a mudar.

A não violência é uma fraqueza?

Segundo o dalai-lama: "O desarmamento exterior só pode ocorrer se houver um desarmamento interior. Se o indivíduo não for pacífico, a sociedade, que é a soma desses indivíduos, nunca o será". Portanto, os indivíduos que abraçam e cultivam os ideais do budismo não podem conceber a ideia de fazer mal ao próximo. O inverso é um contrassenso. Essa reforma dos indivíduos deve começar, é claro, pelos governantes! Sabemos que 95% das armas mundiais são vendidas pelos cinco membros permanentes do Conselho de Segurança das Nações Unidas.

Como explica Sua Santidade:

> Resolver um conflito usando a razão, em vez da força, dá a sensação de agir da maneira justa e

proporciona uma satisfação profunda. O uso da violência necessariamente gera no outro – a não ser que ele possua uma sabedoria excepcional – um ressentimento duradouro, que será fonte de novos conflitos. É difícil impor uma mudança a quem quer que seja sem antes mudar seu estado de espírito. É por argumentos válidos, expostos com bondade, que podemos mudar a atitude de alguém, e não por coação.

Um novo diálogo com a ciência

Pela primeira vez vimos cientistas correndo para conseguir um lugar nas primeiras filas do Encontro da Sociedade Americana de Neurociências, em Washington. Isso aconteceu em 12 de novembro de 2005, quando se abriram as portas do imenso auditório onde o dalai-lama faria o discurso de abertura dessa reunião anual que atraiu 37 mil cientistas. Durante trinta minutos, ele destacou a natureza pragmática e experimental do budismo, que tem por objetivo eliminar o sofrimento por intermédio de um melhor conhecimento do funcionamento da mente. Afirmou que, se os conhecimentos adquiridos pela ciência contradizem certos escritos antigos do budismo, por exemplo, no campo da cosmologia, o conteúdo desses escritos deveria ser considerado caduco. "Em contrapartida, o budismo pode partilhar com a ciência moderna os conhecimentos adquiridos em mais de 2 mil anos consagrados ao treinamento da mente". Stephen Kosslyn, diretor do departamento de psicologia da Universidade Harvard e especialista mundial em imagens mentais, declarou recentemente: "Devemos demonstrar humildade diante da grande quantidade de dados empíricos fornecidos pelos contemplativos budistas".

Em que medida podemos educar nossa mente para funcionar de maneira construtiva, para substituir a obsessão pelo contentamento, a agitação pela calma, o ódio pela compaixão? Há vinte anos, um dogma das neurociências dizia que o cérebro já apresentava todos os seus neurônios no momento do nascimento, e que esse número não se alterava com as experiências vividas. Hoje, porém, as neurociências falam muito em "neuroplasticidade", termo que explica que o cérebro evolui continuamente em função de nossas experiências e pode fabricar novos neurônios durante toda a nossa vida. Na verdade, o cérebro pode ser profundamente modificado com um treinamento específico, por exemplo, aprender música ou um esporte. Isso sugere que a atenção, a compaixão e mesmo a felicidade também podem ser cultivadas e resultam, em grande parte, de uma habilidade adquirida.

Acontece que toda habilidade necessita de um treinamento. Ninguém espera tornar-se um virtuose no piano ou um grande tenista sem uma prática constante. É perfeitamente concebível que se treine a mente como se treina o corpo; portanto, podemos dedicar alguns minutos por dia para cultivar a compaixão ou alguma outra qualidade positiva. Segundo o budismo, "meditar" significa "cultivar". A meditação consiste em familiarizar-se com uma nova maneira de ser, de gerar seus pensamentos e emoções e de perceber o mundo. Quanto às neurociências, elas podem avaliar esses métodos e examinar o impacto que eles causam no cérebro e no corpo.

Desde 2000 foram lançados vários programas de pesquisa para estudar indivíduos que durante vinte anos se dedicaram ao desenvolvimento sistemático da compaixão, do altruísmo e da paz interior. Cerca de vinte praticantes do budismo da

Ásia e da Europa, monges e leigos que tinham de 10 mil a 50 mil horas de meditação cada um – verdadeiros "atletas" em sua disciplina –, foram à Universidade de Madison, no Wisconsin, para participar de uma pesquisa sobre os efeitos da meditação no cérebro. O estudo foi conduzido pelo pesquisador francês Antoine Lutz e pela equipe de Richard Davidson.

Os primeiros resultados constituem o primeiro estudo experimental sério a respeito dos estados meditativos. Publicado nos renomados *Relatórios da Academia de Ciências, PNAS* [*Proceedings of the National Academy of Sciences*], o artigo foi baixado mais de 150 mil vezes e, um ano depois, estava em quinto lugar entre os artigos mais lidos no site da revista.

A experiência mostrou que, quando os praticantes começavam a meditar sobre a compaixão, ocorria um aumento considerável das oscilações rápidas nas frequências gama e da coerência da atividade cerebral. Essa atividade, muito mais elevada do que no grupo de controle composto de dez jovens estudantes treinados uma semana para a prática da meditação, é "de uma magnitude nunca descrita na literatura da neurociência", disse Richard Davidson.

Portanto, parece que estamos no limiar de descobertas fascinantes que devem demonstrar que podemos transformar nossa mente de maneira muito mais profunda do que a psicologia havia suposto. O dalai-lama desempenhou um papel catalisador decisivo nesse campo. Ele encorajou o diálogo nos encontros "Ciência e budismo", organizados a partir de 1987 pelo *Mind and Life Institute*, uma instituição fundada pelo neurobiólogo Francisco Varela e pelo advogado Adam Engle. Assim, a meditação poderia conquistar no Ocidente o crédito de que goza há milênios na cultura budista. Secularizadas e validadas cientificamente, essas técnicas poderiam ser integradas de modo proveitoso na educação infantil, como uma espécie de contrapartida "mental" às aulas de educação física, e no acompanhamento emocional dos adultos. Resta ainda analisar por um período a evolução do cérebro das pessoas que praticam meditação. Em resumo, realizar um estudo longitudinal com centenas de indivíduos durante vários anos. Alguns estudos preliminares indicam que não é necessário ser um praticante supertreinado para se beneficiar dos efeitos da meditação: vinte minutos de meditação diária contribuem de maneira significativa para reduzir o estresse, a raiva, a tendência à depressão, e fortalecer o sistema imunológico e o equilíbrio emocional. A esse respeito, o dalai-lama observa: "Ao exercitar a mente, as pessoas podem se tornar mais tranquilas, mais serenas, mais altruístas. Este é o meu objetivo principal: não busco promover o budismo, mas sim a maneira como a tradição budista pode contribuir para o bem da sociedade".

Em essência, o dalai-lama se tornou, incontestavelmente, uma das grandes figuras morais de nossa época. Sua mensagem de tolerância, de estímulo ao diálogo, de "não violência ativa" e de incentivo a nos tornarmos seres humanos melhores, treinando nossa mente, pode nos ajudar a construir uma sociedade mais altruísta. Cabe a cada um de nós pôr essa mensagem em prática. Como escreveu Ghandi: "Devemos ser a mudança que queremos ver no mundo". Ninguém fará esse caminho por nós, mas a aventura vale a pena!

Matthieu Ricard

1. E Lhamo Dhondrup se tornou o 14º dalai-lama

Em uma manhã escura e fria, a cidade santa ergueu os olhos na direção do Potala, o palácio dos dalai-lamas, e viu que seus telhados de ouro estavam cobertos de preto. Lhasa estava de luto. Thubten Gyatso, o Grande 13º, havia partido na véspera, 17 de dezembro de 1933, sentado na posição de oração de toda a sua vida, em lótus. Seu corpo embalsamado e coberto de brocados repousava em uma caixa de madeira cheia de sal, com o rosto voltado para o Sul, na direção da Índia, a terra sagrada. Certa manhã, os monges descobriram que a cabeça se movera e contemplava o Nordeste. Um cogumelo em forma de estrela brotara em um pilar de madeira, a nordeste da capela mortuária do Norbulingka, o palácio de verão dos dalai-lamas. Dois anos depois, Reting Rinpoche, o regente nomeado pelo Kashag, o governo tibetano, e uma delegação de altos dignitários subiram, montados em pôneis, a mais de 5 mil metros de altitude para interrogar o lago sagrado de Lhamoi Latso, descoberto pelo 2º dalai-lama no início do século XVI. Eles passaram uma semana no templo de Chokorgyal invocando o Céu e meditando, cada um em seu canto, às margens do lago. Sentados à beira da água cor de safira, sem se mexer e sem respirar, de tão profunda que era a meditação, pareciam budas de pedra. De repente, Reting Rinpoche viu desenhar-se no lago, com impressionante nitidez, três letras do alfabeto tibetano: *A*, *Ka* e *Ma*. Em seguida, distinguiu o reflexo de um mosteiro com telhado de ouro e jade, uma humilde fazenda de telhas turquesa e uma estranha gárgula. Um menino pequeno brincava no terreiro com um cachorro marrom e branco. Parecia esperar alguma coisa. Seus olhos eram tristes e ele ria. As previsões do regente foram lacradas e enviadas a Lhasa por uma escolta especial. Pouco depois, no importante mosteiro de Drepung, o Nechung, oráculo do Estado sem o qual nenhuma decisão oficial era tomada, entrou em transe. Cobertos com um manto de quarenta quilos e um chapéu de 25 quilos, seu corpo, seus membros e seu rosto se contorceram e dobraram de volume. Sua voz se transformou; não era mais uma voz humana. Ele recortou o céu, armado com uma espada pesada. O incenso que queimava em espirais e a luz vacilante das lamparinas a manteiga lhe davam a aparência das divindades enfurecidas das *thangkas** e dos afrescos pintados nas paredes dos templos. O ser desengonçado, de força sobre-humana, não tinha mais nada a ver com o amável e plácido lama que todos conheciam, amavam e respeitavam. Nechung, a divindade protetora do Tibete, havia se apossado de seu espírito. O regente interrogou-o:

---

* Pintura budista tibetana. (N. T.)

"Diga-nos onde está o 14º Gyalwa Rinpoche". O oráculo apontou a espada para o nordeste e ficou assim, teso e com a mão estendida, por três bons minutos, depois caiu desmaiado.

O relatório das visões e predições foi submetido ao Kashag, que enviou três missões de busca: a primeira a Dagpo e Gongpo, a sudeste; a segunda a Kham e Yang, a leste; e a terceira a Amdo e Arig, a nordeste. Quando esta última partiu de Lhasa, em setembro de 1936, começou a nevar, o que nunca acontece nessa época do ano. Depois, sob os raios de um sol púrpura, a neve derreteu em poucos minutos. O Tibete é um país onde as variações meteo-

Os monges do mosteiro de Sera.

rológicas não podem ser compreendidas pela razão humana. Essa operação se realizou em segredo absoluto para que a tentação de corromper os oráculos ou manipular os presságios fosse evitada.

Em uma tarde de verão, uma mulher de rosto forte e doce voltou dos campos, onde passara o dia cuidando de seus legumes e recitando mantras. Ela reavivou o fogo na lareira da casa humilde de telhado turquesa. Agradeceu aos budas pela criança que crescia dentro dela e suplicou que tivessem a bondade de curar o marido, que ficara doente no dia em que ela havia anunciado a gravidez. Aquele homem rude, cujos ataques de raiva eram famosos e temidos, mas que tratava dos cavalos como ninguém, caíra de cama com febre e cheio de dores, e os *amchi* (médicos) não puderam fazer nada. Eles nem sabiam de onde vinha a doença. Há quase quatro anos só ocorriam catástrofes no povoado de Takster. O granizo destruía o trigo quando estava maduro e a seca matava a cevada ainda nova. O gado morria sem motivo, as galinhas botavam ovos vazios e depois acabaram não botando mais nada.

Na aurora do dia 6 de julho de 1935, quinto dia do quinto mês do ano tibetano do porco selvagem, a mulher deu à luz no estábulo um menino que nasceu de olhos abertos. Era um bebê esquisito. Tinha orelhas grandes, sobrancelhas levantadas nas extremidades e estrias nas pernas semelhantes às listras de um tigre. Ele quase não chorou e lançou a este mundo novo um olhar meio triste, mas lúcido e profundo. No mesmo instante em que ela punha no mundo o quinto filho, o marido levantou-se, milagrosamente curado, sem entender que mal invisível o deixara prostrado por nove meses. "Bom, gostaria de fazer dele um monge", disse o pai.

Depois de uma viagem de 1,5 mil quilômetros a cavalo, os quarenta membros da última delegação, conduzida por Kewtsang Rinpoche, abade do mosteiro de Sera, chegaram a Amdo, província do nordeste do Tibete sob o poder secular da China. Eles haviam decidido estabelecer o centro da busca em Kumbum, onde imediatamente reconheceram o mosteiro de telhados de ouro e jade que havia aparecido no lago sagrado de Lhamoi Latso. O abade de Kumbum comunicou-lhes a existência de três ou quatro meninos com qualidades excepcionais na região.

Lhamo Dhondrup, o bebê que nascera de olhos abertos, tinha na época mais de 2 anos e, às vezes, a mãe se surpreendia com a estranha criança que pusera no mundo. Quando ia trabalhar no campo, ela o deitava em um cesto de ratã protegido do sol por um guarda-chuva, esperando que ele dormisse. Mas ele não dormia. Olhava em volta com incrível intensidade e parecia achar as pessoas e as coisas bem interessantes, especialmente os pássaros e os iaques. Três dias depois de seu nascimento, dois corvos haviam pousado na gárgula da casa. Pousadas no telhado, as aves ficaram algum tempo grasnando, como se contassem histórias, e depois levantaram voo. Voltaram no dia seguinte, e assim fizeram todas as manhãs. A mãe ficou meio surpresa, pois não existiam corvos naquela região, mas não procurou explicações. No Tibete havia muitos mistérios. Assim que começou a falar, a criança passou a inventar histórias extravagantes. Dizia ter vindo do céu e possuir um palácio em Lhasa com mil aposentos e telhado de ouro. A mãe achava o filho meio maluco.

Em dezembro de 1937, Kewtsang Rinpoche, um representante do governo e dois empregados instalaram-se no mosteiro de Karma Shartsong, onde, em 1909, o 13º dalai-lama se hospedara ao voltar de um exílio de cinco anos e meio na China e na Mongólia. Ao partir, o Grande 13º havia deixado um par de botas, como se fosse retornar algum dia. No caminho de volta, parou no pequeno povoado de Takster, olhou longamente para uma casa de fazenda com telhado turquesa e uma estranha gárgula, dizendo que a achava bonita.

Ao chegar a Takster, Kewtsang Rinpoche reconheceu a casa que havia aparecido para Reting Rinpoche no lago sagrado e imediatamente compreendeu o significado das três letras tibetanas: *A* de Amdo, *Ka* do mosteiro de Kumbum, *Ka* e *Ma* de Karma Shartsong. O abade de Sera se disfarçou de criado para não levantar suspeitas, e seu empregado, usando um manto de brocado, foi recebido como um príncipe. Kewtsang Rinpoche foi levado à cozinha e um menino, que brincava com um cachorro marrom e branco, pulou em seu colo e puxou o rosário que o superior trazia no pulso.

– Esse rosário é meu, me dá! – disse a criança.
– Eu dou, se você disser quem eu sou.
– *Sera aga* (Você é o abade do mosteiro de Sera).

O menino falar aos 2 anos não era tão espantoso quanto o fato de ele se expressar perfeitamente no dialeto de Lhasa, que ninguém conhecia naquela isolada região de Amdo. No dia seguinte, quando o grupo se preparava para deixar discretamente a casa, Lhamo Dhondrup pulou da cama.

– Me leve também! – disse ele. – Quero ir com vocês.

Kewtsang Rinpoche voltou algum tempo depois e apresentou-lhe dois rosários, duas bengalas, dois pequenos tambores, dois pares de óculos, duas lapiseiras e duas tigelas. O abade mandara fazer réplicas exatas de todos esses objetos do 13º dalai-lama, com exceção das bengalas, que haviam pertencido a Thupten Gyatso. Lhamo Dhondrup escolheu os objetos certos, mas hesitou diante das bengalas. Pegou uma, olhou-a atentamente, depois mudou de opinião e pôs na sua frente, orgulhosamente, a segunda bengala. Kewtsang Rinpoche lembrou-se então de que o 13º dalai-lama havia usado por algum tempo a primeira bengala antes de dá-la a um amigo. Só o falso tambor não era uma cópia perfeita. Era todo colorido,

A mãe do dalai-lama no Potala, depois da entronização do filho.

muito mais vistoso aos olhos de uma criança. Mas Lhamo Dhondrup pegou o menos atraente e tocou-o segundo um ritual tântrico, conhecido apenas pelos grandes lamas. Os oito sinais distintivos em seu corpo, como as estrias nas pernas e a concha da mão, provavam definitivamente que o menino de Takster era mesmo a reencarnação de Avalokiteshvara, Buda da Compaixão Infinita.

Como medida de segurança, a delegação selecionou várias crianças. Embora a escolha já houvesse sido feita, Kewtsang Rinpoche guardou segredo, com medo de que Ma Bufeng, líder guerreiro e governador da província, aproveitasse a ocasião para mostrar algum tipo de autoridade sobre o Tibete. Ma Bufeng convocou os potenciais candidatos e submeteu-os ao seu próprio exame, chegando à conclusão de que Lhamo Dhondrup era mesmo o 14º dalai-lama. Mas como tinha a intenção de exigir uma quantia prodigiosa para deixá-lo ir para Lhasa, Ma Bufeng enviou a criança para o mosteiro de Kumbum, onde já estudavam dois de seus irmãos, para ter tempo de estipular os pontos de uma negociação.

Como a vida monástica era aborrecida, Lhamo Dhondrup fazia uma travessura atrás da outra e seu tio, um homem alto, forte e irascível, cuja barba alisada com manteiga de iaque o aterrorizava, aplicava-lhe vez ou outra umas boas palmadas. Depois, dando-se conta de que ousara erguer a mão para a provável encarnação de um buda, o tio belicoso o enchia de balas.

Tenzin Gyatso já se esqueceu de que, quando criança, se recordava de suas vidas passadas, cuja reminiscência aos poucos se apagou.

No mosteiro de Sera, o dalai-lama participa de debates dialéticos diante de grandes lamas.

A não ser que eu me empenhe em um esforço meditativo, que consiste em recuar no curso da vida, uma a uma, é impossível para mim declarar definitivamente se sou ou não a reencarnação do Buda da Compaixão. Acreditamos que existem quatro tipos de renascimento. O primeiro, mais comum, é o de um ser incapaz de decidir seu renascimento. Ele reencarna apenas em função de seu carma, de suas ações passadas. Do lado oposto está o renascimento de um buda plenamente iluminado, que se apresenta na forma física com o único objetivo de ajudar os outros. Nesse caso específico, fica claro que a pessoa é um buda. A terceira categoria inclui o ser que, graças às suas realizações espirituais anteriores, tem a possibilidade de escolher ou, pelo menos, de influir no lugar e nas condições de seu renascimento. O quarto tipo é chamado de manifestação abençoada. Nesse caso, a pessoa recebe uma influência, uma transmissão de poder, que lhe dá a faculdade, além das capacidades comuns, de realizar ações benéficas, como o ensino da religião. Embora alguns desses renascimentos pareçam mais prováveis do que outros, não posso dizer qual dos casos me define.

Em junho de 1939, finalmente a delegação conseguiu pagar Ma Bufeng. A viagem até Lhasa durou três meses e treze dias. Os pais de Lhamo Dhondrup achavam que o filho devia ser uma reencarnação importante, mas nem por um segundo imaginaram que era o dalai-lama. Ficaram sabendo em 6 de outubro, quando o viram sentado em um trono encimado por um baldaquino de seda, no centro de um acampamento gigantesco montado a três quilômetros da cidade santa, benzendo com um pompom amarelo 70 mil fiéis que se prosternavam diante dele. Algum tempo depois, a criança foi instalada nos apartamentos de seu antecessor no Potala. Ela apontou uma caixa e disse: "Meus dentes estão lá dentro". A caixa foi aberta. Continha a dentadura do Grande 13º.

Então, a mãe lembrou-se do par de corvos que vinha todas as manhãs empoleirar-se no telhado da casa. Os lamas explicaram-lhe que um fenômeno semelhante havia ocorrido no nascimento do 1º, do 7º, do 8º e do 12º dalai-lamas. A divindade Mahakala, que simboliza o Tempo Cósmico e a Sabedoria Transcendental, é frequentemente representada na humilde forma de um corvo. Mesmo que hoje Mahakala continue a ser uma das principais divindades ligadas ao dalai-lama, ele não gosta muito de corvos, pois acha-os muito cruéis com os passarinhos.

Ele ainda não tinha 5 anos. No entanto, no dia de sua entronização, sob o ouro da capela central do Potala, o olhar sereno que dirigiu ao auditório de lamas e ministros prosternados, a segurança inata com que realizou os gestos milenares do ritual eram os de um ser que havia descoberto os segredos do mundo. Lhamo Dhondrup passou a ser Tenzin Gyatso, o 14º lama, deus rei que ninguém tinha o direito de olhar nos olhos. Ele recebeu uma série de títulos, cada um mais poético do que o outro: Oceano de Sabedoria, Senhor do Lótus Branco, Joia que Satisfaz Todos os Desejos, Precioso Vitorioso, Incomparável Mestre. Mas os tibetanos o chamam simplesmente de Kundun, "a Presença".

Kundun passou a viver entre monges doze vezes mais velhos do que ele, naquele palácio sinistro e gelado. Seus pais receberam títulos nobres, mas já não moravam com o filho, que os via a cada quatro ou seis semanas. Dois *yongzin* [tutores] foram encarregados de sua educação. A idade desses veneráveis Rinpoches era indefinida, e eles se conheciam há séculos. Estavam ligados por três vidas anteriores, pois, em suas existências precedentes, haviam educado juntos três pequenos dalai-lamas. Kundun aprendeu a ler as quatro formas da escrita tibetana e os textos sagrados que devia recitar de cor. Como era preguiçoso, dava um jeito de se esquivar na hora da recitação e os severos *yongzin* passavam o tempo correndo atrás dele no labirinto de corredores, onde é mais fácil se perder do que em um *souk**. "Apesar de tudo, meus tutores diziam que meu cérebro funcionava bem e que eu aprendia depressa." Na verdade, os tutores ficaram fascinados com sua inteligência, com a rapidez de seu progresso, e nunca souberam que, aos 7 anos, ele quase desmaiou de nervoso ao conduzir uma oração diante de 20 mil monges. Um mês por ano, no inverno, ele fazia um retiro espiritual só com os *yongzin*, em uma sala lúgubre que quatro séculos de lamparinas de manteiga haviam deixado preta como as paredes de uma cozinha muito antiga. De manhã, até que não era tão ruim. As janelas que davam para o norte deixavam passar um pouco de calor e de luz. Mas ao entardecer as sombras das colinas a oeste desenhavam nas paredes personagens fantasmagóricos, e a sala parecia uma gruta fúnebre e mal-assombrada.

Com exceção dos varredores do Potala, Kundun não tinha ninguém com quem brincar. Ele sonhava em subir no telhado para ver os moradores do povoado voltarem dos pastos, os patinadores de gelo "andarem sobre as lâminas" no lago congelado, as crianças de sua idade das quais só ouvia os risos.

Depois de começar os estudos de gramática, sânscrito e poesia, lançou-se aos 12 anos na dialética e na lógica elementar. Tinha de memorizar tratados difíceis, como a Prajnaparamita (Sabedoria Transcendental), e debatê-los com monges letrados. Aos 13 anos entrou em contato com a metafísica e a filosofia. Nos primeiros dias não conseguia entender nada e achava esses temas extremamente aborrecidos. Ficava ali, aturdido diante dos livros abertos, certo de que nunca conseguiria compreendê-los. Aos poucos, começou a se interessar pelo assunto, ficou fascinado e, rapidamente, seus conhecimentos ultrapassaram as matérias obrigatórias. No entanto, ele considerava os estudos budísticos, tal como são ensinados no Tibete – com a leitura aprofundada dos 108 volumes do Kanjur e das 250 coletâneas do Tanjur (textos básicos do budismo) –, os mais intrincados do mundo. Aos 14 anos, oficialmente admitido em Sera e em Drepung – mosteiros tão grandes que parecem cidades, com até 10 mil monges –, ele participou de debates dialéticos diante dos lamas mais eruditos do país. O alpinista austríaco Heinrich Harrer, praticamente o único ocidental a residir em Lhasa, assistiu aos debates. "O menino que eu tinha na minha frente era considerado um prodígio", escreveu Harrer em *Sete anos no Tibete***. "Me contaram que bastava ele ler um livro uma única vez para sabê-lo de cor, e que demonstrava grande interesse pelos negócios de Estado. Raramente vi tamanha maestria em uma criança de sua idade, e cheguei a me perguntar se não possuía uma essência divina."

Kundun pedia a seu irmão Lobsang Samten, que morava com os pais, as irmãs e o pequeno Ngari Rinpoche, terceiro filho reencarnado da família, que lhe contasse as novidades de Lhasa. Lobsang descrevia os mercados suntuosos onde se vendia de tudo, uísque irlandês, *corned beef* americano e cremes de beleza parisienses, pois não havia um produto que não se pudesse comprar na cidade ou encomendar no exterior. Ele falava das mulheres com seus arranjos de pérolas, corais e turquesas na cabeça, dos velhos jogadores de majongue e das impetuosas partidas de tênis que os jovens disputavam.

Lobsang Samten lhe apresentou Heinrich Harrer, que mandou construir uma sala de projeção para ele no Potala.

"Oh, Heinrich! Você é peludo como um macaco!", disse ele quando encontrou pela primeira vez aquele que se tornaria seu professor de ciências profanas.

Kundun não sabia nada sobre o Ocidente e queria aprender tudo: inglês, política internacional, física nuclear, aviões a jato, Henrique IV, Churchill e Eisenhower. Iniciou-se na mecânica em um Mec-bras infantil e descobriu como funcionava o campo magnético desmontando o gerador elétrico do Norbulingka, o palácio de verão para onde ia todos os anos na primavera. Seu antecessor havia recebido de presente um Austin 1927 e um Dodge 1931, que ele conseguiu pôr em marcha e dirigir a toda velocidade pelos jardins. Kundun domesticou um cervo almiscarado, criava pavões e alimentava os peixes de um lago – de onde seus tutores o pescaram duas vezes pelo pano da túnica. Cinco minutos mais e ele teria se afogado. Os peixes punham a cabeça para fora da água quando ouviam seus passos, e o dalai-lama ainda se pergunta se não cometeram a imprudência de subir à superfície no dia em que ouviram o barulho das botas dos primeiros soldados chineses.

Por volta de 1950, prisioneiros em Lhasa, antes de serem libertados pelo dalai-lama.

---

* Mercado coberto dos países islâmicos. (N. T.)
** Heinrich Harrer, *Sete anos no Tibete*, trad. Bettina Gertum Becker, Porto Alegre, L&PM, 2001.

Thubten Gyatso, 13º dalai-lama, sentado entre dois discípulos durante uma cerimônia.
Página da esquerda: Thubten Gyatso, o 13º dalai-lama.

É claro que não conheci o 13º dalai-lama! Mas aprendi muito sobre ele graças aos varredores do Potala, com quem eu gostava de conversar. Foi assim que compreendi que, sob o reinado dele, o Tibete viveu um longo período de paz e prosperidade.

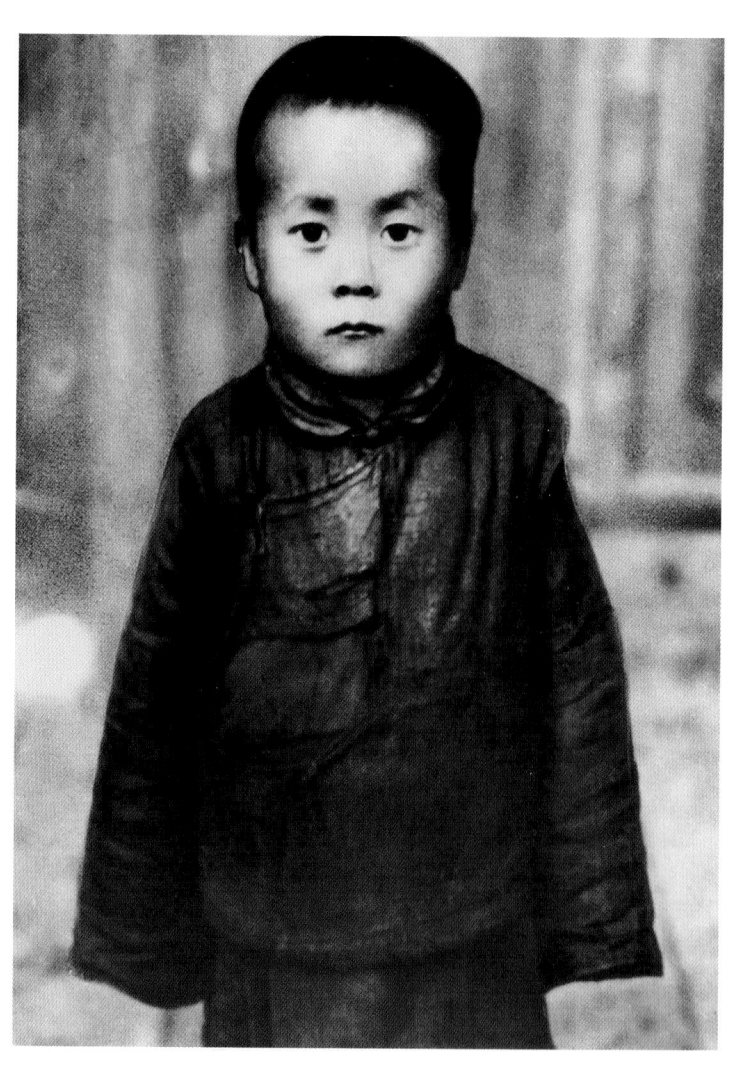

Como deixei meu povoado aos 4 anos, não tenho muitas lembranças dessa época, a não ser as que os membros da minha família me contaram. Segundo minha irmã Tsering Dolma nunca tive medo dos raros estrangeiros que passavam pelo povoado; ao contrário, eu me aproximava deles.

Sempre me alegrei por ter nascido em uma modesta família de camponeses. Acho que, se tivesse saído de um meio rico ou aristocrático, não teria sido capaz de avaliar a sensibilidade e os sentimentos das classes humildes. Mas, diante da minha origem inferior, posso compreendê-las e ler sua mente. Por isso tenho tanta compaixão por elas.

No alto: O mosteiro de Kumbum em 1955. Situado a leste do Tibete, é o mosteiro mais próximo do local de nascimento do dalai-lama.
Ao lado: Os pais do 14º dalai-lama, diante de sua casa em Takster, antes do verão de 1939.
Página da esquerda: Em 1940, Tenzin Gyatso quando criança, antes de se tornar o 14º dalai-lama.

Depois de ser reconhecido como a reencarnação do 13º dalai-lama, fui levado ao mosteiro de Kumbum, onde teria de ficar algum tempo antes de partir para a capital. Esse foi um período solitário e, sobretudo, infeliz da minha infância. Me contaram que várias vezes fui surpreendido preparando minha trouxa e fingindo partir para Lhasa.

Ao lado: Foto do 14º dalai-lama aos 4 anos, em Amdo.
Embaixo: O 14º dalai-lama em 1939, antes de partir para Lhasa, cercado dos membros da delegação oficial.
Página da esquerda: Lhamoi Latso, o lago sagrado onde Reting Rinpoche, incumbido de descobrir o 14º dalai-lama, teve visões que o puseram na pista de Tenzin Gyatso.

Partimos para a capital no verão de 1939. Uma viagem longa e difícil, que deveria durar três meses e treze dias. Eu me lembro de que, ao longo do caminho, uma multidão cada vez mais numerosa se juntava a nós. De cima do meu palanquim e aos 4 anos, eu via as pessoas derramarem lágrimas de alegria.

Eu me sentia como se estivesse em um sonho: em um grande jardim atapetado de flores magníficas, embaladas por uma ligeira brisa, pavões dançando diante dos meus olhos. Reinava um odor inesquecível de flores selvagens; um canto de liberdade enchia o espaço.

À esquerda, no alto e no meio: Uma longa procissão acompanha o dalai-lama em direção à capital. O dalai-lama está sentado em uma liteira, protegida todo o tempo por um guarda-sol de penas de pavão.
Embaixo: O trono elevado do dalai-lama, no interior da tenda em Doguthang.
Acima: O dalai-lama no colo de um monge, ao partir para o mosteiro de Kumbum.
Página da esquerda: Partida da caravana que acompanhou o jovem dalai-lama de Kumbum a Lhasa.

Reting Rinpoche, regente até a minha maioridade, também cuidava da minha educação. Ele vivia com o nariz entupido. Mas, salvo essa característica, era um homem inteligente e dotado de excepcional serenidade. Tinha um gênio bom, e, mesmo que no começo eu o temesse, logo comecei a sentir uma grande afeição por ele.

No alto: Foto do regente Tagdra Ngawang Sungrab Rinpoche em 1950.
Embaixo: Tenzin Gyatso, 14º dalai-lama, quando criança.
Página da direita: O regente Reting Rinpoche com seus cães no jardim.
Página dupla seguinte: O palácio de Potala, antes de 1950.

Meu irmão, Lobsang Samten, foi quem me apresentou Heinrich Harrer, que se tornou meu professor de ciências profanas. Ele me ajudava em meus estudos de inglês e, em troca, eu o auxiliava na compreensão do budismo. Com ele, consegui consertar um velho projetor que pertencera ao 13º dalai-lama. Harrer foi um homem muito importante para mim. Eu o apelidei de "Cabeça Amarela".

No alto: Harrer (à esquerda) com Peter Aufschnaiter e ministros tibetanos.
Embaixo: A família do 14º dalai-lama em Lhasa em 1940. No centro, o pai, a mãe, irmãos e irmãs.
Página da direita, no alto: O dalai-lama escrevendo, recostado na cama.
Embaixo: O quarto de meditação do dalai-lama, luxuosamente decorado, no último andar do palácio de Potala.

Dizem que o Potala é uma das maiores construções do mundo. Mesmo depois de anos morando lá, era impossível conhecer todos os seus recantos.

Meus aposentos, situados na ala leste, ficavam 120 metros acima da cidade. Eram compostos de quatro quartos e o que eu usava com mais frequência tinha uma área de, no mínimo, 160 metros quadrados. As paredes eram totalmente decoradas com pinturas que descreviam a vida do 5º dalai-lama, pinturas estas tão detalhadas que cada quadro em miniatura não tinha mais do que três centímetros de altura. Quando me cansava das leituras, eu me virava para esse grande afresco que me cercava para acompanhar a história que ele narrava.

O Tibete foi considerado o país mais religioso do mundo. Não estou em condições de julgar se isso é verdade ou não, mas uma coisa é certa: todos os tibetanos consideram a vida espiritual tão importante quanto os bens materiais.

No alto: Foto do *chorten** de Kumbum de Gyangtsé.
Embaixo: Quatro monges Gelugpa fazem soar as trompas cerimoniais no telhado do mosteiro de Kundeling.
Página da direita: Vista geral de uma cerimônia religiosa realizada no mosteiro de Tashi Lhunpo, em Shigatsé, no Tibete, por volta de 1950.

* Monumento onde são guardados os restos mortais dos grandes mestres. (N.T.)

A vida era dura para muitos tibetanos, mas eles não eram dominados pelo querer; e é bem possível que, na simplicidade e no despojamento de nossas montanhas, a serenidade de espírito reinasse mais do que na maioria das cidades do mundo. O querer leva à insatisfação; a felicidade nasce de um espírito em paz.

No alto: Uma banca de mercadorias em Lhasa, antes de 1950.
No meio: Um médico tradicional diante do hospital de Dekyi Lingka, antes de 1950.
Embaixo: Uma escola em Lhasa, antes de 1950.
Página da direita: Duas mulheres exibem um enfeite de cabeça tradicional, constituído de duas tranças unidas por um arco, antes de 1950.

Todos os anos, no início da primavera, eu deixava o Potala com meus preceptores, assistentes e alguns funcionários do governo, em uma procissão que atraía toda a população de Lhasa, para passar seis meses no Norbulingka, "o Parque da Joia", o palácio de verão dos dalai-lamas. Na verdade, tratava-se de uma série de pequenos palácios e capelas construídos em uma enorme área cercada de muros, no meio de jardins maravilhosos. Nos intervalos das aulas, eu podia pular e brincar entre as flores e as árvores, com os pavões e um cervo almiscarado domesticado. Sempre considerei o Norbulingka meu verdadeiro lar.

O dalai-lama nos jardins do Norbulingka.
Embaixo: Dekyi Tsering, mãe do dalai-lama, e as filhas vestidas com túnicas de brocado.
Página da esquerda, no alto: Norbulingka, antes de 1950.
Embaixo: Uma das salas do Norbulingka.

Há séculos, a tradição determina que os dalai-lamas e seus governos consultem Nechung nas festividades do ano-novo e em outras ocasiões. Eu mesmo apelo para o oráculo várias vezes por ano. Isso parece irracional aos olhos dos ocidentais e até mesmo alguns tibetanos me criticam por continuar a usar esse método que consideram ultrapassado.

Para mim, Nechung sempre foi um bom conselheiro. O que não quer dizer que eu só me fie no oráculo. Consulto a opinião dele da mesma maneira que ouço meus ministros e minha própria consciência e, como qualquer chefe de governo, consulto todo mundo antes de tomar uma decisão importante relacionada aos negócios de Estado.

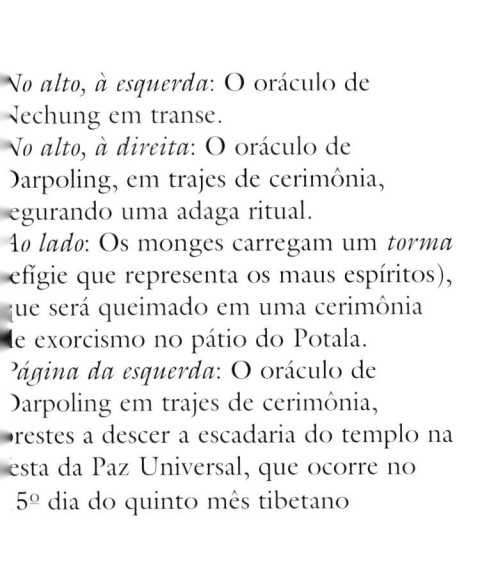

No alto, à esquerda: O oráculo de Nechung em transe.
No alto, à direita: O oráculo de Darpoling, em trajes de cerimônia, segurando uma adaga ritual.
Ao lado: Os monges carregam um *torma* (efígie que representa os maus espíritos), que será queimado em uma cerimônia de exorcismo no pátio do Potala.
Página da esquerda: O oráculo de Darpoling em trajes de cerimônia, prestes a descer a escadaria do templo na festa da Paz Universal, que ocorre no 15º dia do quinto mês tibetano

Nós possuíamos uma tropa, mas ela era muito reduzida e, até 1949, as ordens eram dadas em inglês, porque não existiam expressões militares na nossa língua.
O ato brutal de brincar com a vida das pessoas, acreditando no poder das armas, não pode subjugar o espírito humano nem gerar compreensão e harmonia entre os homens.

Membros do comando do Exército tibetano, antes de 1940.
Página da esquerda, no alto: Soldado de guarda na porta do Potala, pouco tempo antes de o dalai-lama deixar a capital, em 30 de outubro de 1950.
Embaixo: Soldados tibetanos, por volta do fim dos anos 1940.

2. Da invasão chinesa à fuga para a Índia

Em 1949, Lhasa, a cidade santa, tão próxima do céu que se poderiam colher estrelas, esse outro mundo onde a atividade principal era a oração, vivia dias felizes sob o sol de verão. De repente, em uma manhã clara e azul, uma água de chuva, vinda não se sabia de onde, começou a escorrer das inacessíveis gárgulas da catedral central. No dia seguinte, uma sólida coluna de pedra que comemorava a conquista da China pelo Tibete quebrou-se em mil pedaços, sem razão aparente. Na noite anterior, um cometa cuja cauda tinha o formato de um rabo de cavalo atravessou o país. Esse mesmo fenômeno havia ocorrido na invasão chinesa de 1910. Os tibetanos diziam que era um sinal de guerra.

Apesar do caos da história, o Tibete, nação voluntariamente isolada, mantinha relações de respeito mútuo com a grande vizinha China e não percebia a ameaça que pesava sobre ele desde a revolução de 1911. Como Kundun ainda não tinha 18 anos, idade legal do poder temporal, clãs oponentes aproveitaram para afirmar sua autoridade. Um golpe de Estado fracassado levou o regente à prisão, onde ele morreu em condições misteriosas, com sete hematomas nas nádegas como síndrome única e insólita. O governo tibetano estava mergulhado na mais completa confusão e, havia quinze anos, uma missão do Kuomintang* se aproveitava disso para tentar manobras subversivas, até finalmente ser expulsa.

Três meses depois da criação da nova República Popular da China, Pequim anunciou sua intenção de "libertar" Taiwan, Hainan e, em especial, o Tibete, que haviam "caído nas mãos dos imperialistas estrangeiros". Lhasa pediu ajuda aos Estados Unidos, à Grã-Bretanha, ao Nepal e, sobretudo, à Índia, único país com o qual mantinha relações oficiais. Mas todos recusaram.

Em 15 de agosto de 1950, de manhã cedo, quando Kundun tomava um iogurte e comia o pão preparado por sua mãe, um terremoto abalou Chamdo, na região quase desértica de Amdo, na fronteira com a China. Quarenta detonações explodiram no céu, que se tingiu de uma luz cor de sangue e exalava um odor acre de enxofre. Montanhas e vales inteiros se deslocaram, engolindo centenas de povoados e mudando o curso do rio Tsangpo, o Bramaputra. Esses sinais premonitórios revelavam o óbvio. A guerra. Os chineses já haviam ocupado Amdo, avançando passo a passo, cegos pelo vento, sacudidos pela neve, nessa terra hostil e carente de estradas, onde as montanhas pareciam intransponíveis. Nenhum exército do mundo poderia conquistar o Tibete, mas a despreocupação de seu povo pacífico e tão pouco preparado para a luta e a desordem do governo central foram suficientes para permitir a entrada dos chineses. Quanto ao Exército tibetano... De nada adiantou ter se inspirado no modelo britânico e cantar com um sotaque inacreditável *God save the Queen* e *It's a long way to Tipperary*, pois era composto de apenas 8,5 mil oficiais e soldados equipados de fuzis carregados pela boca, 250 morteiros e duzentas metralhadoras. As aldeias foram caindo uma a uma e, em 25 de outubro, a República Popular anunciou, pela primeira vez, que suas tropas haviam entrado no Tibete para libertá-lo da "opressão imperialista".

Chegada da delegação oficial chinesa a Lhasa, em 12 de abril de 1956.

A Índia ainda se recuperava de sua independência. Nehru, mais preocupado com a Guerra da Coreia, protestou sem muita convicção. E logo foi admoestado por Pequim: "O problema tibetano é exclusivamente uma questão interna chinesa e nenhuma ingerência externa será tolerada". Desde então, a China não mudou o refrão. Alertadas, as Nações Unidas se recusaram a cuidar do caso de um Tibete com um *status* tão complexo e mal definido: na verdade, a URSS e a Inglaterra, querendo consolidar sua "zona de influência" no continente asiático, haviam assinado em 1917 um tratado que reconhecia a suserania da China sobre o Tibete. "Suserania é um termo antigo e vago", disse o dalai-lama. "Talvez seja o termo ocidental mais apropriado para definir as relações espirituais recíprocas entre os dalai-lamas e os imperadores manchus, mas é totalmente inadequado."

Em 23 de abril de 1951, uma delegação do governo tibetano, que fora a Pequim para tentar negociar, assinou sob coação um acordo de dezessete itens que reconhecia o Tibete como parte integrante da China. Segundo a tradição do Império do Meio, um documento só é válido se for oficializado por um selo. Assim que a delegação

---
* Partido nacionalista chinês. (N. T.)

virou as costas, os chineses autenticaram o documento com selos tibetanos falsos.

Pequim enviou então um emissário, e a ocupação ocorreu de maneira desleal. Munidos de máscaras de oxigênio para suportar a altitude, os militares chineses distribuíram envelopes cheios de dinheiro aos chefes de província e cestos de guloseimas aos habitantes dos povoados. Aos poucos, o país se cobriu de alto-falantes que propagavam *slogans* dos quais os tibetanos, acostumados às suaves litanias das orações e dos mantras, não compreendiam absolutamente nada.

O oráculo do Estado foi convocado para uma sessão extraordinária. O transe foi rápido, mas violento. Usando um chapéu ritual cravejado de cabeças e olhos vermelhos, Nechung começou a soprar feito um dragão, aproximou-se de Kundun e disse: "Façam-no rei". E desmaiou.

"Eu protestei, pois só tinha 15 anos e, em regra, a investidura ocorria aos 18 anos. Eu não sabia quase nada sobre a política e era suficientemente maduro para perceber minha ignorância e tudo o que ainda tinha de aprender", lembra-se o dalai-lama, que abandonou a infância para tornar-se, no dia 17 de novembro de 1951, chefe supremo e temporal do Tibete. Pouco depois, o governador comunista de Amdo, região ocupada pelas tropas chinesas, convocou o irmão mais velho de Kundun, Takster Rinpoche, abade do mosteiro de Kumbum, para lhe impor um pacto terrível. Se conseguisse persuadir o dalai-lama a aceitar a entrada das tropas populares de libertação, Pequim o nomearia chefe do Tibete. Se Kundun não aceitasse, Takster Rinpoche deveria matá-lo. O abade fingiu aceitar e saiu para alertar o irmão em Lhasa. O Kashag aconselhou o jovem dalai-lama a refugiar-se temporariamente no mosteiro de Yatung, na fronteira com a Índia. Ao chegar lá, um emissário chinês lhe entregou uma carta de Mao, dando boas-vindas ao Tibete à República Popular... "O emissário insistiu para que nos encontrássemos em pé de igualdade", conta o dalai-lama. "Então passamos por cima das exigências protocolares, arranjando duas cadeiras iguais, em vez das tradicionais almofadas tibetanas."

No fim de 1951, Lhasa estava ocupada por 20 mil soldados. Dois anos depois, os chineses perceberam que sua política no Tibete havia fracassado e convidaram o dalai-lama para ir a Pequim a fim de negociar as reformas. Kundun partiu em novembro de 1954 e pela primeira vez em sua vida pegou um trem. O Grande Timoneiro lhe explicou que a China tinha o dever de levar o progresso ao Tibete e que, se enviara alguns generais a Lhasa, não era absolutamente para exercer autoridade sobre seu governo. "Eu fiquei em uma situação delicada", disse o dalai-lama, "e estava convencido de que se não mantivesse certa atmosfera de cordialidade, nosso país sofreria ainda mais."

Certa manhã, Mao foi visitá-lo. "Embora tenha nascido príncipe, Buda criou uma religião bem interessante, pois ela propõe uma felicidade igual para todos", disse antes de ir embora. No dia de ano-novo, os tibetanos organizaram uma cerimônia em Pequim para a qual foram convidados os dirigentes chineses. Segundo o costume, eles jogaram migalhas de bolo para o alto, como oferenda a Buda. Mao pegou dois pedaços. Lançou um para o ar, conforme o ritual tibetano, e jogou o outro no chão. Quando se encontraram pela última vez, Mao e o dalai-lama conversaram novamente sobre o budismo. Mao ouviu Kundun coçando o nariz, soltou um arroto com forte cheiro de alho e depois disse calmamente: "Eu o compreendo muito bem, mas, acredite, a religião é um veneno. Ela enfraquece uma raça e freia o progresso". Kundun baixou os olhos terrivelmente constrangido. Havia compreendido que aquele homem paternalista que o inundava de conselhos sobre a arte de governar um país estava decidido, na verdade, a varrer para sempre todas as formas de religião e a destruir os fundamentos do sistema social tibetano.

Durante os sete meses de viagem do dalai-lama pela China, um tradutor cheio de zelo seguiu-o passo a passo, escrevendo todas as suas palavras em um caderno com um ar hipócrita e satisfeito. Kundun era convidado a comparecer a banquetes intermináveis, quase dormiu enquanto ouvia o discurso de sete horas de Zhu Enlai, encontrou-se com Khruchev, com Bulganin e, em particular, com Nehru, que

Discurso do dalai-lama na chegada da delegação chinesa.

se derramou em gentilezas para melhor esquivar-se de uma conversa séria. Visitou os campos uniformes onde camponeses de olhar semelhante falavam, pensavam e agiam da mesma maneira. Aos 19 anos, ele descobriu a duplicidade do sistema político, o absurdo do comunismo, a intransigência obtusa dos chineses. "Era preciso reconhecer que nosso país era atrasado, que precisava progredir. Os chineses afirmavam que o desenvolvimento era o objetivo da entrada deles no Tibete. Como veem, nenhuma discussão era necessária: partíamos do mesmo princípio."

Ainda muito jovem, Kundun já havia providenciado reformas elementares. Modificara o retrógrado sistema fiscal, abolira os direitos feudais, fazendo que as grandes propriedades voltassem para o Estado e fossem divididas entre os camponeses. Mas hoje ele compreende as verdadeiras intenções de Pequim. O telhado do mundo, ponto culminante da Ásia, com vastos territórios subpovoados e fabulosas riquezas minerais inexploradas, era uma plataforma inestimável para os chineses lançarem uma ofensiva contra a Índia e a União Soviética. O Grande 13º, seu antecessor, também realizara grandes reformas. Ele havia abolido a pena de morte, combatido a corrupção, criado uma força policial e introduzido em Lhasa os primeiros recursos do mundo moderno: a eletricidade e o telefone. Como o Tibete se tornara a causa de uma disputa de influência entre a China, a Rússia e a Inglaterra, ele tomou por duas vezes o caminho do exílio, em 1904 e em 1911. Uma por causa de uma expedição punitiva dos soldados do Raj britânico, outra porque 2 mil veteranos do Exército chinês haviam aparecido em Lhasa em plena cerimônia de ano-novo. Uma resistência passiva foi organizada, o povo se recusou a cooperar com os invasores e Pequim reconheceu que o Tibete era ingovernável sem o dalai-lama. Quando o Grande

Propaganda chinesa nos muros de Lhasa.

13º voltou, depois de assinar um tratado com a Mongólia em Ulan Bator, não havia mais nenhum han no Tibete. Um ano antes de sua morte, ele redigiu um testamento premonitório:

> Pode ser que aqui, no coração do Tibete, a religião e o governo sejam atacados de fora e de dentro. Se não defendermos nosso país, o dalai-lama e o panchen-lama, o pai e o filho, correrão o risco de desaparecer e de perder até o próprio nome. Os monges e os mosteiros serão destruídos. A autoridade do Estado ficará debilitada. A terra e os bens dos funcionários do governo serão tomados. Eles serão obrigados a servir aos inimigos ou a vagar pelo país como mendigos. Todos os seres passarão por grandes provações e sentirão um medo arrasador; os dias e as noites se estenderão em sofrimentos sem fim.

Ao voltar para Lhasa, em junho de 1955, Kundun deparou-se com uma cidade completamente diferente. Caminhões militares andavam a toda velocidade pelas ruas congestionadas, policiais organizavam o trânsito em cima de postos de observação de cimento. Estradas, pontes, um banco e um cinema haviam sido construídos, apenas para o conforto dos colonizadores hans. As "reformas democráticas" haviam esbarrado em uma resistência tão vigorosa que o exército havia levado milhares de crianças tibetanas para educá-las à maneira chinesa e condicionar as gerações futuras. A leste, os khampas* haviam se revoltado e massacrado a sabre e fuzil várias guarnições chinesas.

Em 1956, convidado pelo príncipe de Sikkim para assistir na Índia às comemorações dos 2,5 mil anos do nascimento de Buda, o dalai-lama encontrou-se com Nehru em Delhi. O primeiro-ministro ofereceu-lhe um chá sob buganvílias cor-de-rosa, ouviu-o sem interromper e acabou por lhe apontar que, na medida em que ninguém reconhecia oficialmente a independência do Tibete, nada poderia fazer para ajudá-lo. A caminho da Europa, Zhu Enlai encontrou-se com Kundun na capital indiana, mas a tensa conversa entre eles terminou em fracasso. Quando este voltou ao Tibete, a situação estava ainda pior. O primeiro movimento de resistência dos khampas, que usavam camisas de tecido de paraquedas e se protegiam das balas com amuletos, havia sido praticamente exterminado por 150 mil homens do Exército Popular de Libertação. Mas outros núcleos de resistência se formaram em todo o país.

Nesse momento começou o verdadeiro genocídio do povo tibetano, a destruição sistemática do Telhado do Mundo. As cidades e os locais sagrados foram bombardeados, os monges foram forçados a copular em público com as monjas, as crianças foram obrigadas a atirar em seus pais. Pessoas eram crucificadas, esquartejadas, submetidas a vivissecção, arrastadas por cavalos a galope, atreladas a arados como animais, jogadas vivas de aviões. Os torturadores, às gargalhadas, aconselhavam-nos a praticar levitação ou realizar milagres para escapar do sofrimento e da morte.

Na verdade, o objetivo dos chineses era transformar o dalai-lama em uma marionete. Mas para não bater de frente com o espírito do povo, e embora tivessem o propósito de suprimir a religião, eles o deixaram terminar os estudos. Em 1959, Kundun fez a prova final. Durante um dia inteiro, do amanhecer até a noite, ele foi interrogado sem descanso pelos oitenta mestres mais eruditos do Tibete. O debate foi assistido por 20 mil monges e Kundun não vacilou nem por um segundo. À noite, ele foi aprovado no exame mais difícil do curso

---

* Habitantes de Khan, província do Tibete incorporada à China. (N. T.)

monástico e tornou-se geshe lharampa, doutor em divindade. Tinha 24 anos. Na véspera, havia recebido uma estranha visita. Dois oficiais subalternos o convidaram a ir assistir sozinho, sem escolta armada e em segredo, a uma representação teatral que deveria ocorrer em 10 de março em um campo militar chinês, a três quilômetros de Lhasa. Desconfiado, o dalai-lama hesitou em responder. Para seu povo, todos os seus movimentos, por menores que fossem, eram um acontecimento e, a não ser que se impusesse o toque de recolher, ele não poderia sair discretamente. Os chineses mandaram que os policiais tibetanos proibissem a circulação na estrada que ele deveria percorrer, mas o boato vazou e os habitantes de Lhasa, convencidos de que os militares tinham a intenção de raptar Kundun, decidiram impedi-lo de sair do Norbulingka. Em 10 de março, 30 mil pessoas cercaram o palácio de verão e o dalai-lama anunciou que não aceitaria o convite dos chineses. Em 11 de março, a multidão agitou-se ainda mais. Na noite de 14 para 15, artilharia de montanha e metralhadoras pesadas foram levadas em segredo para Lhasa. Ao amanhecer, foram dados dois tiros de morteiro, sem aviso prévio; um deles aterrissou em um espelho d'água, e o outro, no lago do Norbulingka. Esse aviso funesto forçou a decisão de Kundun: "Tudo era incerteza, salvo a solicitude do meu povo para que eu partisse antes que começasse a orgia destruidora dos chineses. Ficando, eu aumentaria ainda mais o desespero dos tibetanos".

Na noite de 17 de março, sua mãe e seu irmão caçula, Ngari Rinpoche, disfarçaram-se de guerreiros khampas. Pela primeira vez na vida Kundun tirou a túnica de monge e vestiu uma farda de soldado. Foi à capela de Mahakala, sua divindade protetora, recitou suas orações, depositou como oferenda no altar uma longa echarpe de seda – *khatag* – e, depois de apagar as luzes, saiu. Às dez horas, atravessou o silencioso palácio. Não pensava em nada. Só ouvia o barulho dos próprios passos e o canto do cuco de madeira do relógio. Tirou os óculos, pôs um gorro de pele na cabeça e ninguém o reconheceu quando atravessou as portas do palácio levemente encurvado e com os olhos embaçados. "O perigo era real. Passamos perto dos alojamentos militares chineses."

Wangchung Tsering, um chefe khampa de 20 anos, foi abrindo caminho com 350 homens. Eles seguiram por desvios para evitar as patrulhas chinesas, atravessaram o Bramaputra a bordo de embarcações precárias, desertos cor de cinza e lava, desfiladeiros de 6 mil metros de altitude, puxando os cavalos para se aquecerem com a caminhada. As pernas do dalai-lama gelaram e os bigodes dos guerreiros pareciam estalactites de gelo. "Apesar das minhas convicções pacifistas, eu tinha uma grande admiração pela coragem deles", disse Kundun, "e não podia, honestamente, recomendar que desistissem da violência, mas sim que a usassem apenas para defender suas posições." No caminho, eles souberam que os chineses haviam bombardeado o Norbulingka – convencidos de que o dalai-lama ainda estava lá –, haviam destruído uma ala do Potala, matado inocentes nas ruas à queima-roupa, bombardeado o mosteiro milenar de Ramoche, arrasado a escola de medicina e dissolvido o governo tibetano. Em três dias, a insurreição de Lhasa fez mais de 10 mil mortos.

A fuga do dalai-lama para a Índia.

A última parte da viagem, sob tempestades de granizo e chuvas torrenciais, foi a mais penosa. Os cavalos caíam nos barrancos, os homens chafurdavam na neve, seus olhos estavam queimados pelo reflexo do sol e Kundun, com disenteria, passou noites e noites sem dormir, sentado sob uma tenda improvisada. Tiveram de levá-lo a uma fazenda miserável, onde as vacas, assustadas com a chegada inesperada, mugiam embaixo e os galos, terrivelmente madrugadores, cantavam no telhado. Esse foi o único momento em que o dalai-lama esteve a ponto de desistir. Durante o êxodo interminável, ele se divertiu arreliando os cavaleiros por causa da maneira como montavam a cavalo e brincando com os guerreiros. Sabia que só o riso poderia salvar seus companheiros do desespero e era só o que tinha a lhes oferecer.

Em 31 de março, soldados gurkhas, calçados com borzeguins ingleses, receberam-no em posição de sentido às portas de Arunachal Pradesh, na Índia. Ele ainda levou dezoito dias para atravessar a selva de Assam e chegar a Tezpur, onde era aguardado pela imprensa mundial e por milhares de telegramas, um deles assinado por Nehru, que lhe dava boas-vindas à Terra Sagrada.

Prudente, o dalai-lama limitou-se a redigir um comunicado na terceira pessoa, expressando sua tristeza pela tragédia que estava ocorrendo no Tibete e sua esperança de que esse banho de sangue terminasse o mais rápido possível.

Em outubro de 1950, a China tomou a iniciativa de nos invadir. Oficialmente, os chineses não pretendiam nos "colonizar", e sim, como declaravam, nos libertar pacificamente das forças reacionárias. Em janeiro de 1951, depois da invasão do leste do país, decidi sair da capital e ir para o mosteiro de Dromo.
Eu me lembro de uma noite fria e de um céu límpido, em que as estrelas têm um brilho especial que só se vê no nosso país.

No alto: Primeira fuga do 14º dalai-lama para Dromo, em 1951, em sua liteira.
Embaixo: Chegada ao mosteiro de Dungkar, próximo à fronteira com Sikkim.
Página da direita: Cercado de seus altos funcionários, o dalai-lama recebe uma relíquia no mosteiro de Dungkar.

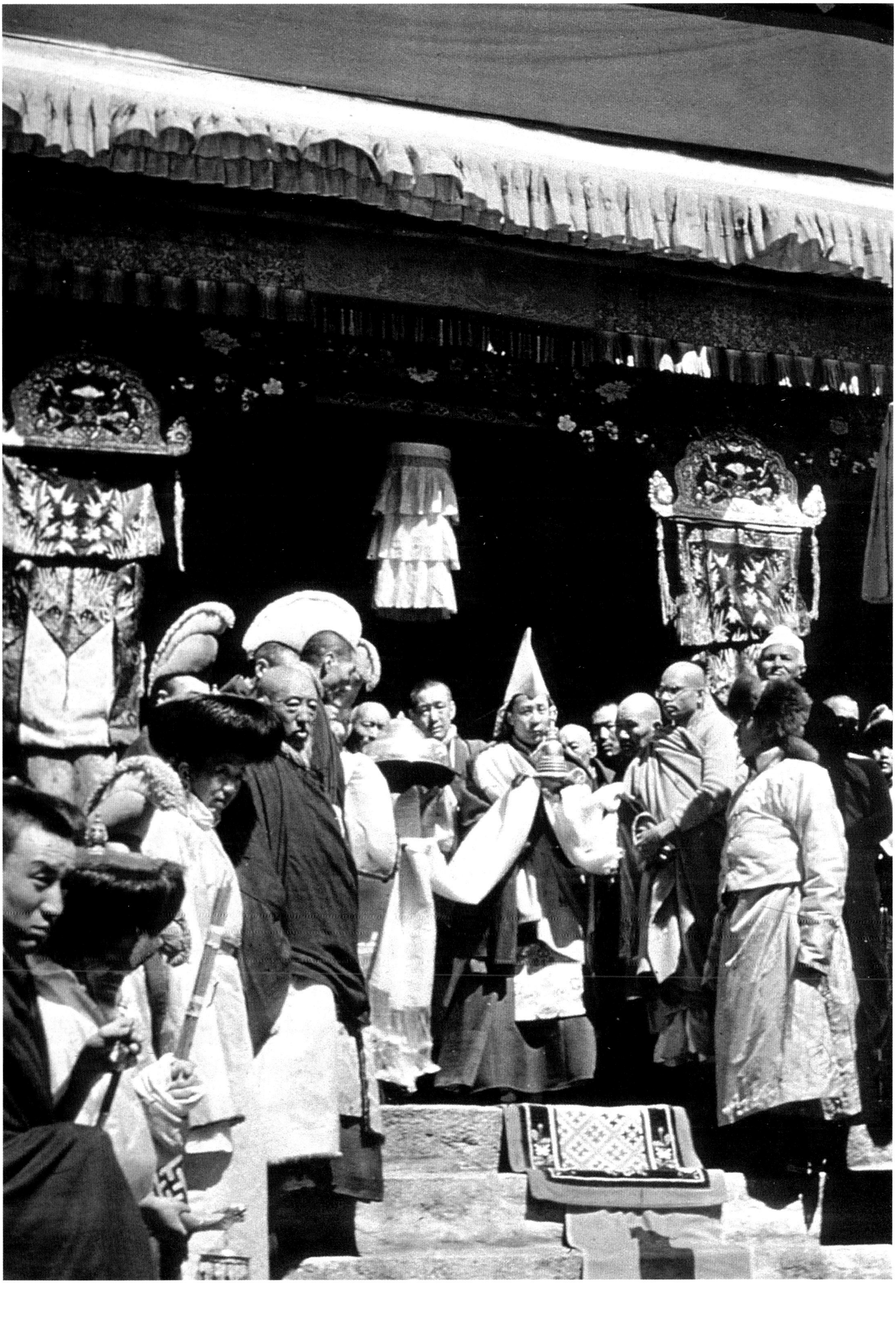

No alto: Em 8 de dezembro de 1950, monges tibetanos assistem impotentes à passagem das tropas comunistas do Exército chinês que entravam no Tibete.
No meio e embaixo: Entrada das forças comunistas chinesas em Lhasa. Quase todos os soldados chegavam a cavalo. Um único jipe fazia parte do comboio, tendo sido incorporado à tropa já próximo da capital.
Página da direita: Tropas chinesas invadem o Tibete, em 1950.

A chegada das tropas chinesas em Lhasa, durante o outono de 1951, ocorreu em várias ondas, cada vez mais numerosas. Subi ao terraço do Potala, onde eu tinha instalado um telescópio para acompanhar o avanço de uma delas. Uma coluna interminável desdobrava-se em uma nuvem de poeira, ao som atordoante dos tambores de guerra que ressoavam até onde eu estava.

Quando os soldados chineses entraram na cidade, exibindo bandeiras vermelhas e retratos de Mao, em uma barulheira de trombetas e tubas, tive a impressão de ver um exército saindo direto do inferno. Eu sabia que nunca poderíamos resistir a um assalto daqueles e que Lhasa sucumbiria em breve.

Mao acendia um cigarro atrás do outro, falava devagar e soltava frases curtas e secas, em um sopro rápido e entrecortado. Os sapatos dele visivelmente não eram engraxados havia uma eternidade e os punhos da camisa estavam puídos. Não parecia muito inteligente e tinha o aspecto de um velho camponês vindo do interior, mas dava impressão de bondade e sinceridade.

O marxismo me entusiasmava com seus princípios de igualdade e justiça. Eu não tinha restrições à nossa aproximação com a China comunista. Estava convencido de que as duas filosofias, budista e marxista, não eram incompatíveis e até podiam gerar uma sociedade perfeitamente equilibrada, com um modo de governo eficaz. Porém, enquanto sonhava com esse ideal, eu me preocupava com os princípios da China de Mao, que só levava em consideração o aspecto puramente material da vida. Meus temores foram rapidamente confirmados, quando o presidente Mao me disse que a religião era um veneno e que tanto o meu país quanto a Mongólia haviam sido contaminados por ela.

Em 26 de janeiro de 1955, chegada a Lhasa do primeiro caminhão a ter utilizado a então novíssima estrada que ligava a China ao Tibete.
Página da esquerda, no alto: Na China, o dalai-lama saúda o presidente da República Popular da China, Mao Tsé-Tung, oferecendo-lhe uma *khatag* (echarpe branca tradicional), em 1954.
Embaixo: Mao Tsé-Tung, Zhu Enlai, o dalai-lama e o panchen-lama, em um banquete organizado pelo dalai-lama no ano-novo tibetano, em 1955.

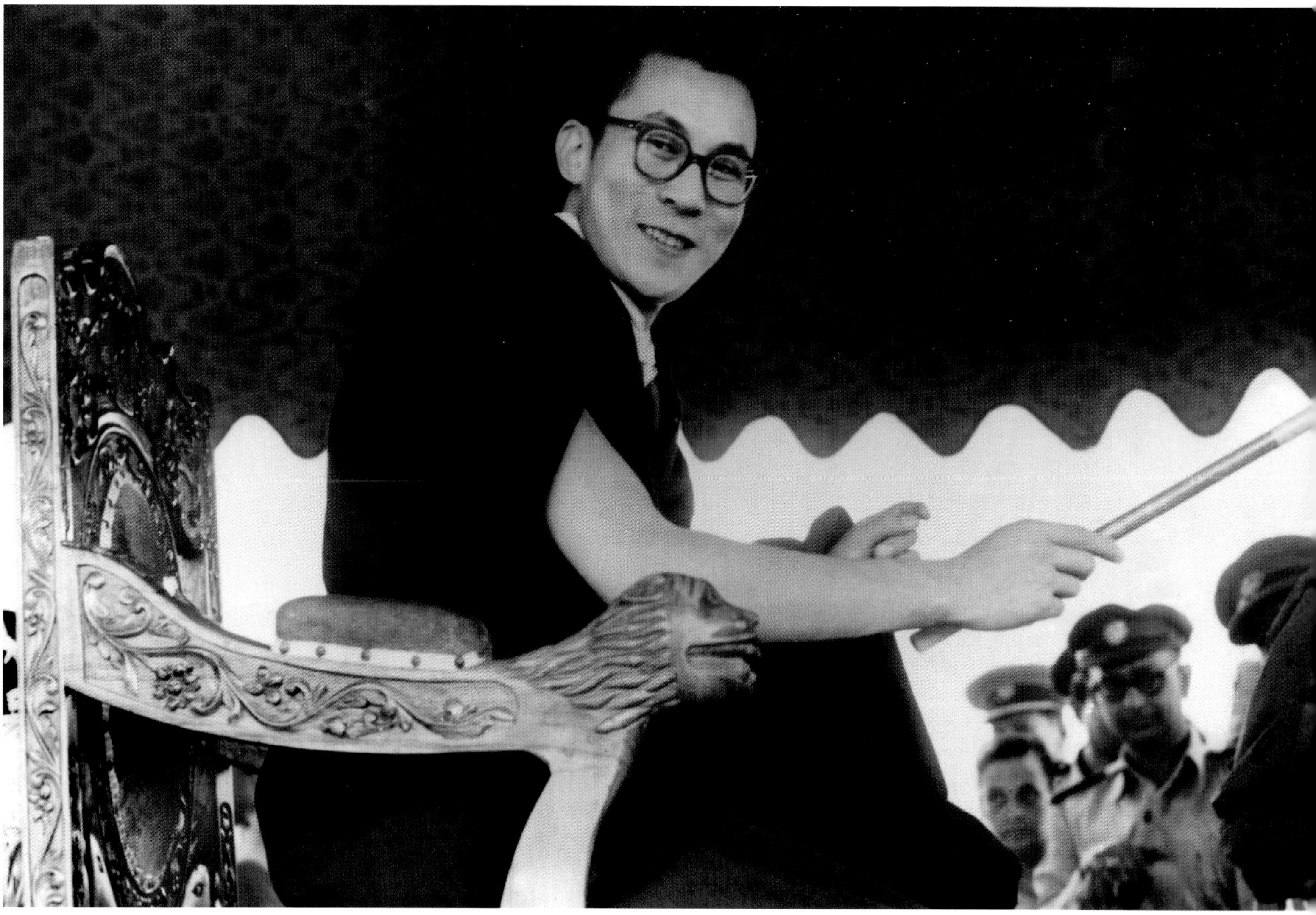

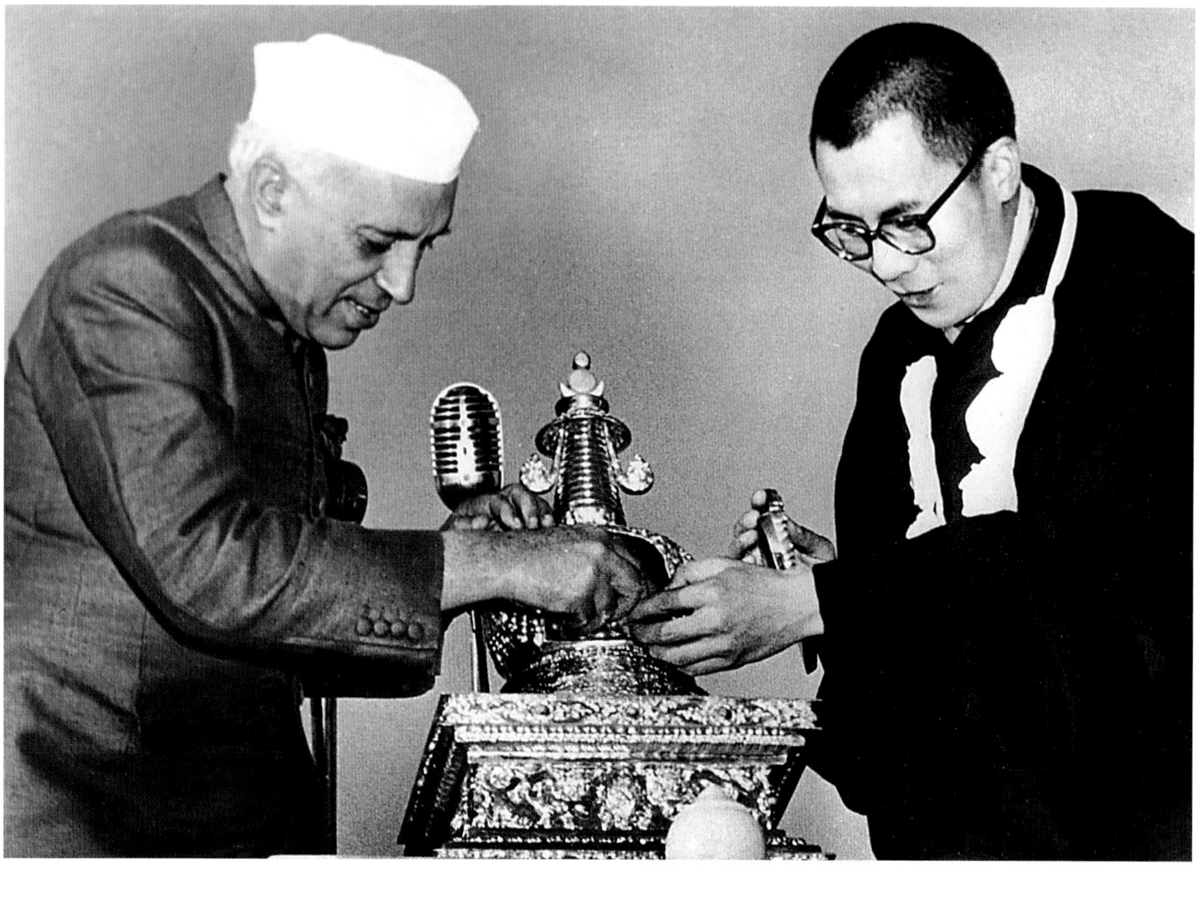

Minha primeira visita a Nova Delhi começou pelo Raj Ghat, local onde Mahatma Ghandi havia sido cremado. Ali, de pé, eu me perguntava que sensatos conselhos me daria o Mahatma se ainda estivesse vivo. Senti que teria empregado todas as suas forças, toda a sua vontade, toda a sua personalidade em uma campanha não violenta para a liberdade do povo tibetano. Então, minha decisão de seguir esse exemplo, quaisquer que fossem os obstáculos a vencer, foi reforçada. E, mais do que nunca, resolvi que não me associaria, em hipótese alguma, a atos de violência.

O dalai-lama (no centro) e o panchen-lama (atrás) concluem a longa viagem em lombo de burro rumo à Índia para assistir a uma convenção budista em Nova Delhi.
Página da esquerda, no alto: Em janeiro de 1957, na praça conhecida como Palace Ground, em Calcutá, o dalai-lama abençoa a multidão reunida para uma cerimônia de despedida.
Embaixo: Em janeiro de 1957, o 14º dalai-lama entrega ao primeiro-ministro indiano Jawaharlal Nehru, em Nalanda, uma caixa de ouro com as cinzas de Hiuen Tsang (monge e filósofo chinês do século VII).

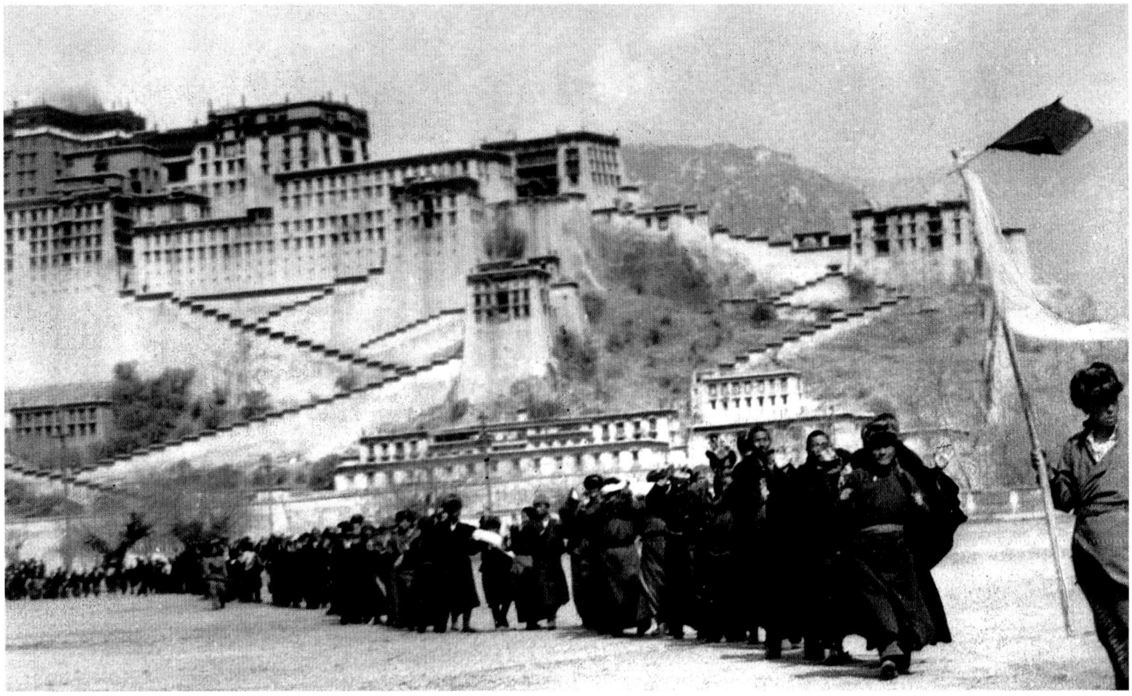

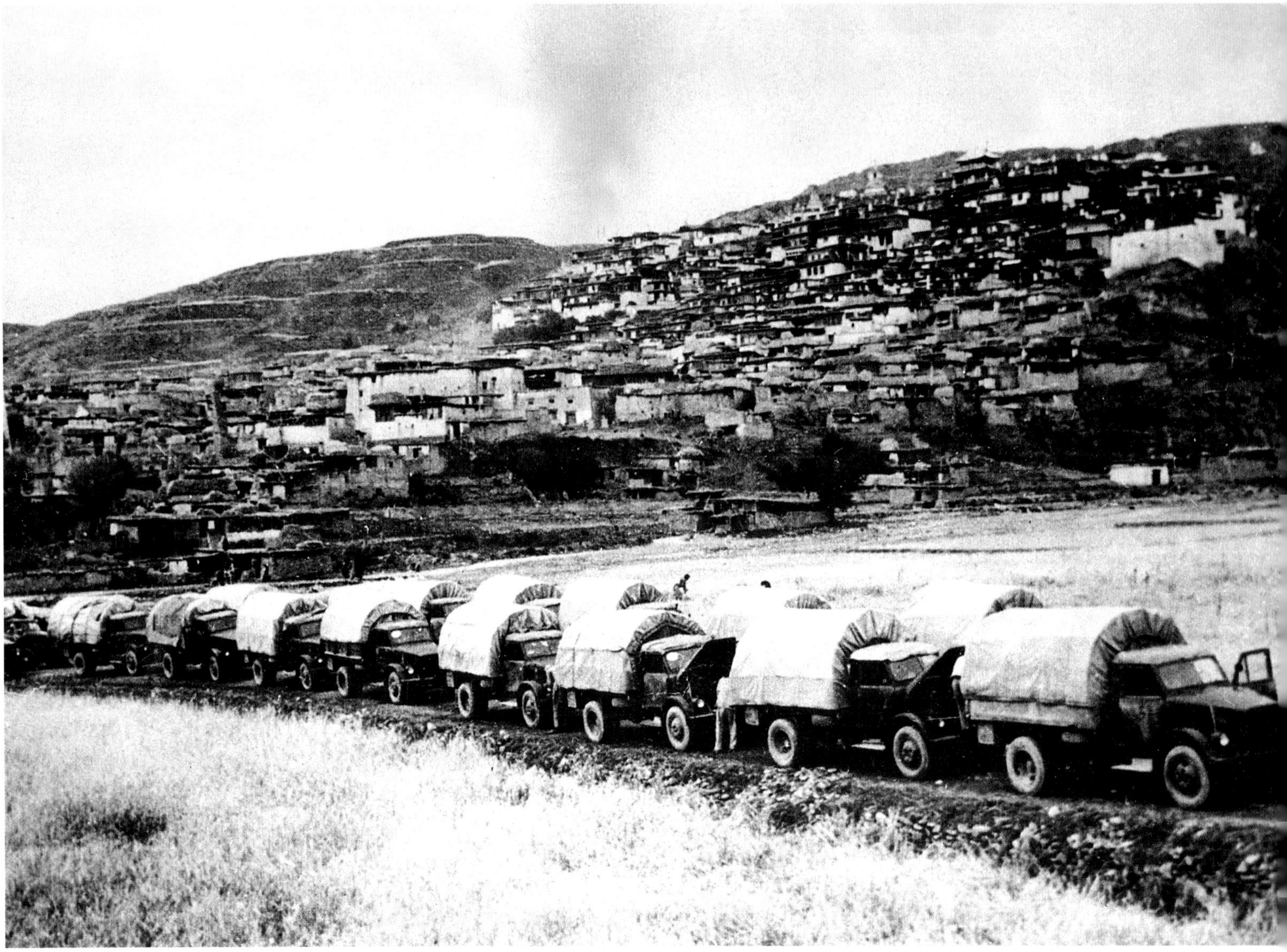

Na noite de 14 para 15 de março de 1959, soubemos que canhões e metralhadoras haviam sido transportados secretamente para Lhasa, seguidos de um longo comboio militar que invadiu a capital. Me disseram que o povo marchava em direção ao Norbulingka, gritando que me protegeriam. Um total de 30 mil pessoas apregoava seu ódio contra os chineses. Eu fiquei arrasado. A precipitação dos acontecimentos me levou a consultar o oráculo, que me aconselhou a partir e escreveu claramente o itinerário que eu deveria seguir para sair do Norbulingka.

A multidão de tibetanos dirigindo-se ao Norbulingka para proteger o dalai-lama.
Página da esquerda, no alto: Civis tibetanos capitulam diante das tropas chinesas em Lhasa, em março de 1959.
Embaixo: Comboio de veículos militares chineses por ocasião da invasão do Tibete.

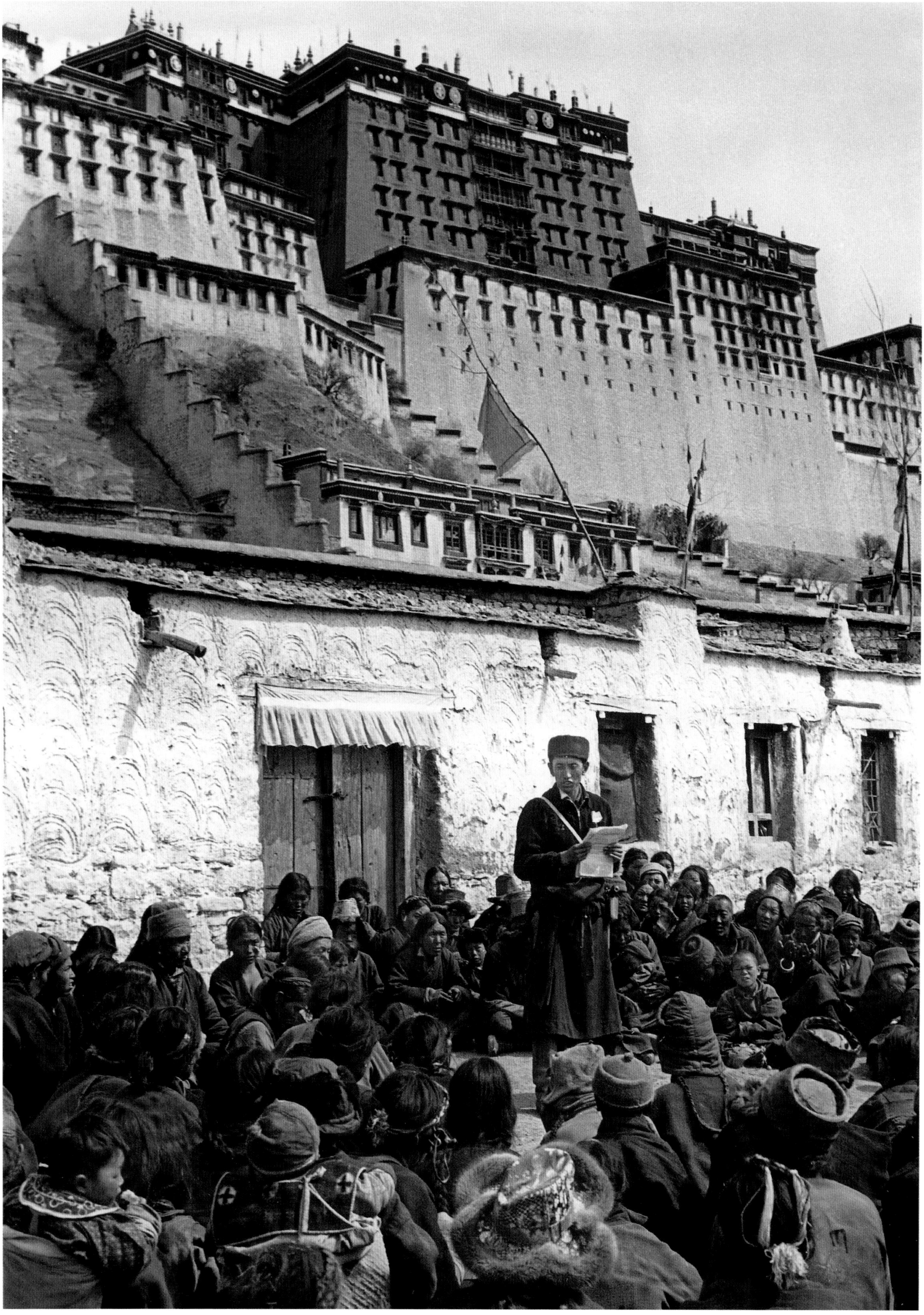

Depois da minha partida, soube que os chineses bombardearam Lhasa e que o Norbulingka era o alvo principal. Diziam que os mortos podiam ser contados aos milhares. Paralelamente, os chineses haviam proclamado a dissolução do nosso governo, mesmo não tendo nenhum direito de fazer isso. Eu não tinha mais escolha. Era preciso continuar meu caminho até a Índia e ali pedir asilo. Depois, dedicar-me a levantar o moral do meu povo, onde quer que ele estivesse. Mas essa perspectiva era insuportável para mim e eu não conseguia aceitá-la. Precisava reconstituir meu governo, o mais rápido possível.

Cercados por soldados do Exército chinês, os monges tibetanos depõem as armas depois de uma insurreição fracassada.
Página da esquerda: Em 10 de abril de 1959, um chefe comunista chinês lê para uma multidão de tibetanos um pronunciamento de Pequim que pedia fidelidade ao panchen-lama depois da partida do dalai-lama.

Nossa fuga se tornava cada dia mais lenta. Eu era jovem e forte, porém alguns de meus companheiros mais idosos começavam a sentir os efeitos dessa longa estrada, percorrida à marcha forçada, enquanto à nossa frente ainda se erguiam os mais temíveis obstáculos. Naquele momento, não tínhamos nenhuma certeza de que o governo indiano nos deixaria entrar no país.

Também fiquei doente, e foi embotado pelo cansaço e por uma tristeza tão profunda que não saberia descrever que entrei na terra do exílio. Mas ninguém poderia continuar totalmente desestimulado diante das manifestações de simpatia que me foram prodigalizadas assim que atingimos as primeiras localidades da Índia.

A caminho do exílio. Fuga do dalai-lama para a Índia, em 1959.

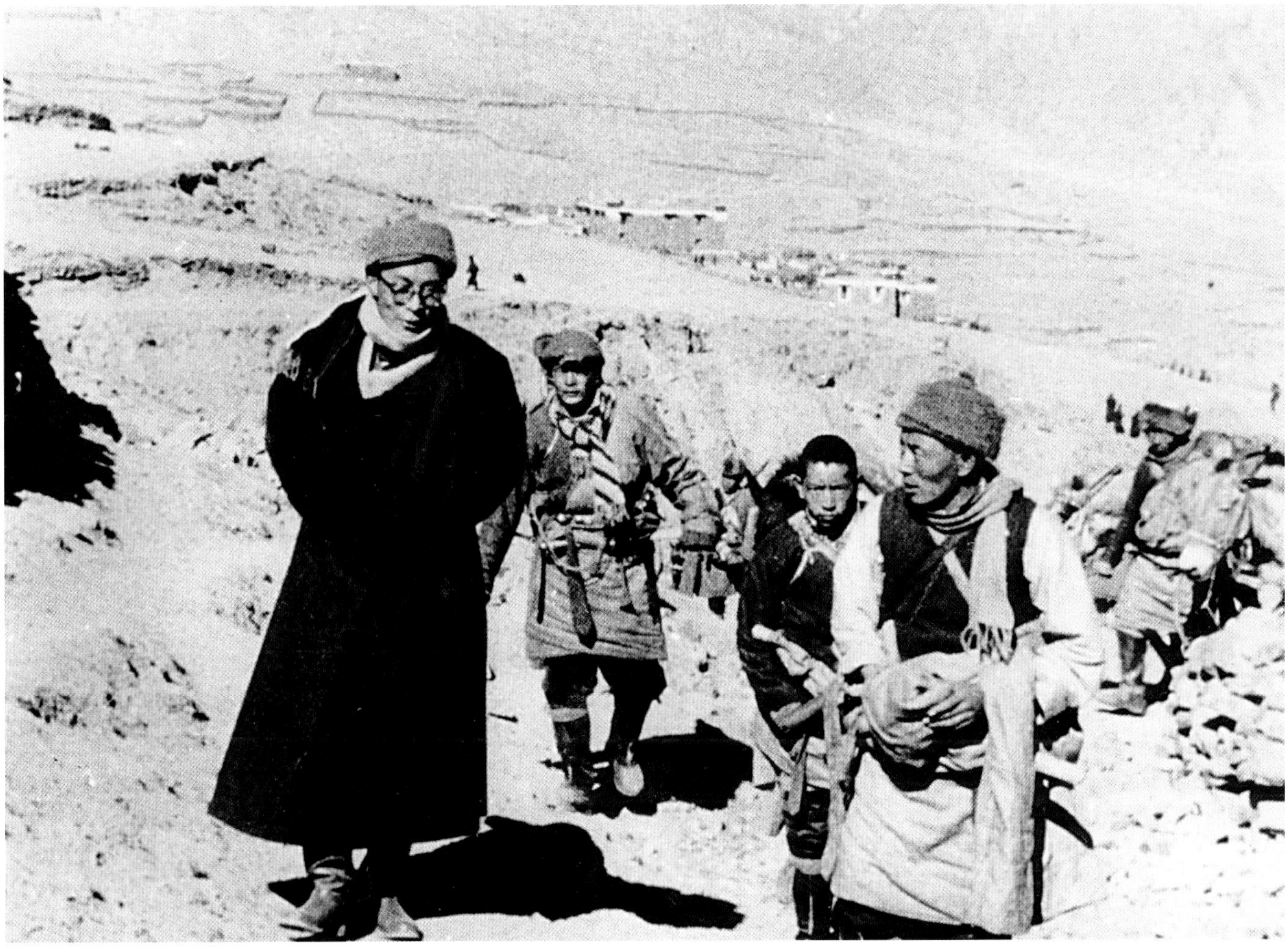

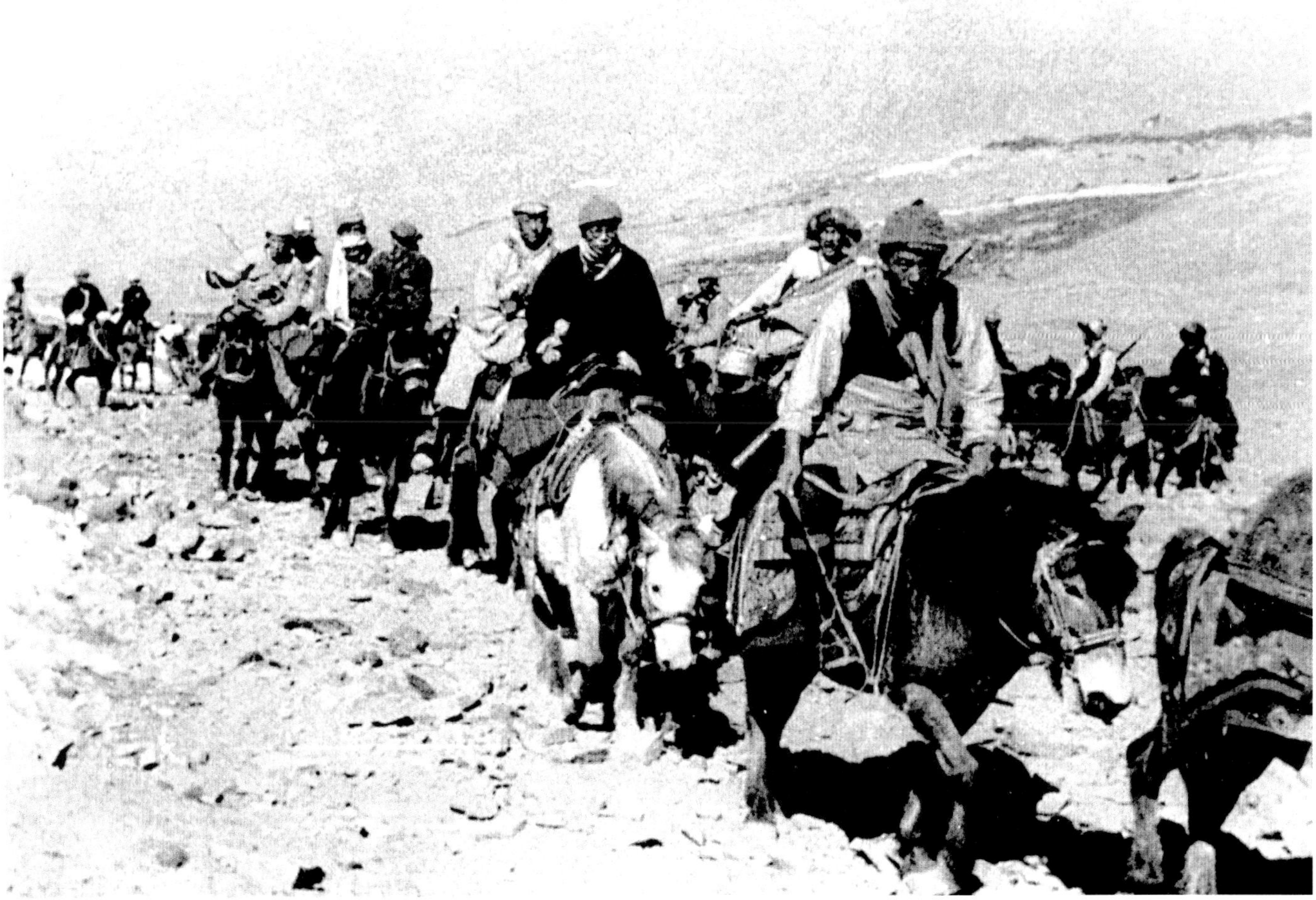

Dois meses depois da minha chegada, dei uma entrevista coletiva para 130 jornalistas do mundo inteiro. Soube que, informado da revolta de março de 1959, Mao teria perguntado: "E o dalai-lama?". Mais tarde, posto a par da minha fuga, teria declarado: "Nesse caso, perdemos a batalha". Depois, não tive mais notícias a respeito do Grande Timoneiro, a não ser pelos jornais e pelos noticiários da BBC. Nem eu nem o governo tibetano no exílio tivemos mais contato com Pequim e essa situação perdurou até a morte de Mao, em setembro de 1976.

Vista de Kalimpong, cidade da Índia mais próxima da fronteira com o Tibete.
Embaixo: Em 1959, chegada do dalai-lama a Tezpur, na Índia, onde deu sua primeira entrevista coletiva à imprensa depois da partida do Tibete.
Página da esquerda, no alto: Em 25 de abril de 1959, o dalai-lama chega a Mussoorie, na Índia.
Embaixo: O dalai-lama posa diante da máquina fotográfica do filho do marajá de Sikkim, na Índia, em 8 de abril de 1959.

3. O Tibete sem o dalai-lama

A cortina de bambu havia caído diante do País das Neves. De 1966 a 1976, a Revolução Cultural encenara seu drama a portas fechadas. Desde 1959, ano da ocupação chinesa, 1,2 milhão de tibetanos, ou seja, mais de um quinto da população, foram vítimas de uma loucura genocida. Na insurreição de março de 1959, foram mortos 87 mil tibetanos só na região de Lhasa. Os primeiros testemunhos apareceram depois da queda do Bando dos Quatro*, pela voz dos refugiados que fugiram clandestinamente do país a pé, através do Himalaia. As torturas sofridas pelos tibetanos iam além da imaginação. A maioria se recusava a falar sobre elas. Temiam que ninguém acreditasse neles, e as grandes dores são mudas. Pouco a pouco, a cortina foi sendo erguida. Tomamos conhecimento de que 6.254 mosteiros haviam sido bombardeados, meninas de 14 anos eram esterilizadas à força, as tibetanas eram obrigadas a se casar com soldados chineses e os lamas, detentores de um saber milenar, eram enviados a fazendas coletivas para aprender a arte sutil de criar porcos.

O doutor Tenzin Choedrak, médico pessoal do dalai-lama, permaneceu dezessete anos nos campos de trabalhos forçados. Os prisioneiros só tinham direito a quatro quilos de *tsampa* (farinha de cevada) por mês. Eles começaram a comer as próprias roupas, depois o couro de seus sapatos, que eles mascavam durante horas, palha seca e cascalho. As minhocas de cabeça amarela eram a única fonte de gordura. Os homens caíam nos campos. Quase três quartos morreram de fome. Os militares distribuíam milhares de pequenos *Livros Vermelhos*, que eles tinham de recitar de cor. Os tibetanos não compreendiam o chinês, e os chineses, que não falavam tibetano, dirigiam-se em inglês aos cidadãos dominados. Quando, forçados pela situação, os funcionários administrativos tibetanos aprendiam algumas palavras em chinês, tinham de falar chinês entre eles, adotar os costumes dos colonizadores, vestir-se como eles, de preto e cinza, tomar bebidas alcoólicas e fumar como uma chaminé, pois quem não fumasse era suspeito de ser um opositor da altiva República Popular! A língua tibetana era proibida nas escolas e os recém-nascidos tinham de ser registrados com nomes em que devia constar ao menos uma sílaba do sobrenome do Grande Timoneiro. Se as mães não concordassem, as crianças recebiam um número. Como os hans tiveram a excelente ideia de substituir a cultura da cevada pela do arroz e do trigo, que não se desenvolviam naquela altitude, o Tibete conheceu a fome pela primeira vez em sua história.

Dezessete estações de radares, quatorze bases aéreas, cinco bases nucleares, uma centena de bases de mísseis de longo e médio alcance foram espalhadas por todo o país e, no norte, a natureza não existia mais, morta que foi pelos rejeitos radioativos lançados ali. Até os animais haviam desaparecido. Os grandes burros selvagens fugiram para as paragens mais auspiciosas de Ladakh, e os hans, que ouviram dizer que a carne do iaque dava pernis deliciosos, devoraram boa parte desses bovídeos de olhar doce. Também comiam os lhasa apso, cães bravos e peludos que mordiam por um nada e ficavam recolhidos no fundo dos mosteiros, dos quais eram os guardiães.

Três anos depois da morte de Mao, a política chinesa ficou mais flexível e as tentativas de negociação foram retomadas entre Pequim e o dalai-lama, que havia reconstituído seu governo no exílio. No início dos anos 1980, alguns templos meio restaurados foram reabertos aos turistas e um simulacro de liberdade religiosa foi estabelecido. Uma delegação de refugiados foi autorizada a voltar ao Tibete para uma curta temporada. Jetsun Pema, a irmã mais nova do dalai-lama, fazia parte dessa delegação. "Foi uma viagem infernal", recorda-se ela. "Nunca chorei tanto na vida. O que eu vi é inimaginável e, ainda hoje, acho difícil falar sobre isso sem me desfazer em lágrimas." Centenas de pessoas continuavam a morrer de fome, só tinham ratos para comer e, às vezes, quando não havia mais ratos, comiam os cadáveres. Se estivessem de bom humor, os chineses lhes atiravam os restos da comida destinada aos porcos.

Quando os primeiros turistas chegaram ao Tibete, encontraram um país achinesado. Em Lhasa, os colonizadores chineses eram mais numerosos do que os tibetanos, transformados em cidadãos de segunda categoria. No centro do Potala tremulava a bandeira vermelha de cinco estrelas da República Popular e o

---

Monge detido por ocasião das manifestações de 1988.

* Núcleo radical do Partido Comunista chinês ligado a Mao Tsé-Tung. (N. T.)

majestoso palácio, que ainda se podia ver de longe, desaparecia atrás dos horríveis prédios cinzentos quando se chegava mais perto. A velha cidade havia sido destruída. Nas sinistras avenidas chinesas floresciam caraoquês e cibercafés, onde meninos jogavam *videogames* de guerra por alguns iuanes, de manhã até a noite. Havia 350 bordéis e mais prostitutas do que em Pequim. Os hans detestavam o Tibete e seus habitantes, que diziam ser bárbaros, selvagens, e cheirar mal. Estratégica e economicamente, o País das Neves representava um trunfo essencial para Pequim, que saqueava sem nenhuma vergonha seu urânio, seu lítio, os 250 minerais presentes no subsolo e apostava em seu potencial hidroelétrico, o mais importante do planeta.

Em 1987, em Washington, o dalai-lama propôs um plano de paz composto de cinco pontos, entre os quais ele pedia a interrupção das transferências de população; mesmo assim, no dia 1º de outubro, a polícia abriu fogo contra uma manifestação independentista. No dia seguinte, as famílias reclamaram os corpos, que eram entregues desde que pagassem pelas balas usadas para matá-los. Em março de 1989, trinta anos depois da insurreição de Lhasa, os soldados atiraram, sem mais nem menos, contra os monges que oravam. Descontrolados, desorganizados, esses soldados recuaram diante da turba que começou a avançar, sucumbindo ainda mais facilmente ao pânico porque já não compreendiam o absurdo do

Um tibetano ferido nas manifestações de 1987.

próprio governo, incapaz de controlar a determinação suicida dos tibetanos e de negociar com o dalai-lama. A lei marcial foi imposta, os residentes estrangeiros foram intimados a deixar suas casas em 48 horas e o País do Alto viu-se novamente separado do mundo. Mas dessa vez a China perdeu seu bem mais precioso: o respeito.

Os tibetanos que conseguiram deixar o país depois dos acontecimentos de 1989, cuja maioria estivera na prisão, contaram as torturas sofridas. Nyima, uma estudante de 19 anos, foi detida por distribuir panfletos durante uma manifestação pacífica. Presa com quarenta mulheres em uma cela pululante de piolhos, pulgas e ratos, era obrigada a pagar à prisão o aluguel de um iuane por dia.

> Só tínhamos o direito de ir ao banheiro uma vez a cada 24 horas e nos obrigavam a limpá-los sem proteção nas mãos. Queimavam nossos corpos com cigarros e furavam nossas bocas com agulhas e facas. Às vezes, serviam comida envenenada, não para nos matar, mas para nos fazer sofrer. Tínhamos de ficar de pé três horas por dia no cimento gelado e denunciar os membros das nossas famílias que haviam participado de manifestações. Os chineses injetavam substâncias desconhecidas naquelas que se recusavam a falar, o que as deixava paralisadas para sempre.

Em 28 de janeiro de 1989, trompas colossais soaram o chamado para a oração e anunciaram a morte, aos 50 anos e em condições misteriosas, do 10º panchen-lama, o personagem religioso mais importante do Tibete depois do dalai-lama. A linhagem dos panchen-lamas remonta aos primórdios do século XVII, quando o 5º dalai-lama, para homenagear seu mestre espiritual, nomeou-o abade do mosteiro de Tashi Lunpo, em Shigatsé. Reconhecendo nele a emanação do buda Amitabha, o 5º dalai-lama deu-lhe o título de "Grande Erudito". Depois disso, nada mais separaria esses dois personagens unidos por um laço mais sólido do que a fraternidade, por uma gratidão mútua para além da morte, que os tibetanos chamam de relação pai-filho ou lua-sol. A partir do século XVIII, os manchus, que haviam estabelecido um protetorado no Tibete, tentaram criar uma rivalidade entre as duas encarnações, declarando que o panchen-lama era "espiritualmente superior" ao dalai-lama, cuja pureza havia sido maculada por seu contato com o mundo profano. Na realidade, era uma maneira de criar uma desavença entre a capital e Shigatsé, a segunda cidade do país. No entanto, apesar da vontade de consolidar sua influência no Tibete, os manchus não conseguiram desencadear uma querela entre os dois dignitários. Por volta de 1940, o Kuomintang anunciou que reconhecia em um menino de 3 anos a reencarnação do 10º panchen-lama. O menino se tornou refém dos chineses, que tentaram debilitar a autoridade do dalai-lama por intermédio dele. Anos depois, os comunistas quiseram obrigá-lo a ocupar o lugar do dalai-lama na sede central de Lhasa. Mas ele recusou e, aos 20 anos, fez um discurso de 70 mil palavras para denunciar a fome e as sevícias cometidas no Tibete pelos colonizadores. Seu texto lhe custou dez anos de tortura e campos de reeducação. Ao ser libertado, foi obrigado a deixar o hábito de monge para se casar com uma guarda da prisão. Ele mergulhou no alcoolismo. Vivia em Pequim, mas às vezes era levado ao Tibete, como se quisessem exibir uma marionete. Em janeiro de 1989, em uma visita ao mosteiro de Tashi Lhunpo, esse panchen-lama declarou diante dos dirigentes comunistas estupefatos: "A Revolução Cultural é a maior catástrofe da história da China e do Tibete em 5 mil anos. Hoje, alguns chefes políticos já se esqueceram completamente dessa tragédia e outros começam a repetir os mesmos erros". Quatro dias depois, morreu de um ataque cardíaco. Alguns disseram que foi assassinado, outros que fumava e bebia demais, outros ainda que teria parado voluntariamente os batimentos cardíacos para que Pequim fosse responsabilizada.

> De fato, houve muitos boatos, disse Kundun. De um lado, os chineses manipulavam-no, achavam-no útil; de outro, ele os incomodava, pois apesar das aparências, sempre se recusou a colaborar. Quando o panchen-lama, que estava na capital chinesa, apareceu na televisão de Pequim, seu rosto estava normal. Alguns dias depois, uma reportagem o mostrou em Shigatsé e então pudemos ver nitidamente que seu rosto ficava sombrio, bem mais sombrio. Algumas pessoas, mal informadas, diziam que o panchen-lama fazia o jogo da China. Mas tanto na minha opinião como na do povo tibetano, ele sempre lutou pelo seu país. Todas as suas palavras e atos comprovam isso.

Depois de sua morte, Chadrel Rinpoche, abade de Tashi Lhunpo, considerado um simpatizante pelos chineses, foi incumbido pelo Partido Comunista chinês de encontrar a reencarnação do panchen-lama. O dalai-lama propôs a Pequim enviar uma equipe de altos dignitários para auxiliar o abade em suas buscas. A China rejeitou a oferta, julgando-a "supérflua". Alguns meses depois do falecimento do panchen-lama, trinta potenciais candidatos foram selecionados no Tibete, na Índia e no Ladakh. Três crianças de qualidades excepcionais foram escolhidas. Entre elas, o pequeno Gedhun Choekyi Nyima, filho de nômades praticamente analfabetos. Chadrel Rinpoche passou a informação ao governo no exílio por intermédio de uma delegação secreta que o dalai-lama enviara clandestinamente ao Tibete. Assim que aprendeu a falar, a criança disse a seus pais: "Eu sou o panchen-lama. Meu mosteiro é o Tashi Lhunpo. Estou sentado em um trono elevado. Tenho outros mosteiros em Lhasa, no Tsang e na China". Sem saber do "jogo duplo" de Chadrel Rinpoche, Pequim decidiu adiar por alguns meses a comunicação, para que coincidisse com o trigésimo aniversário da criação da região autônoma do Tibete. Contudo, em 14 de maio de 1995, depois de consultar o oráculo de Nechung e realizar certas práticas espirituais, o dalai-lama divulgou que o 11º panchen-lama havia sido encontrado por Chadrel Rinpoche e que ele o reconhecia oficialmente. Pouco tempo depois, Gedhun Choekyi Nyima e seus pais foram raptados. Chadrel Rinpoche foi detido em seguida, preso e substituído à frente do Tashi Lhunpo por um monge a serviço dos chineses, apelidado de "lama vermelho", que já desempenhara seu papel na Revolução Cultural. A acusação apresentada contra o pequeno panchen-lama era muito grave. Oficialmente, o prisioneiro político mais jovem do mundo foi acusado de "afogar um cão, crime odioso aos olhos de Buda", como afirmaram seriamente as autoridades comunistas, mais conhecidas pelo hábito de comer os cães do que de rezar para Buda.

Como o dalai-lama passara na frente deles, os chineses prepararam uma farsa. Exibiram um obscuro tratado do século XVI que conferia aos imperadores manchus da dinastia Qing o direito de escolher o panchen-lama após um sorteio em que eram usadas uma urna de ouro e varetas de marfim. O objetivo desse procedimento, que só havia sido usado três vezes em dois séculos, era simplesmente confirmar ou validar as buscas efetuadas de

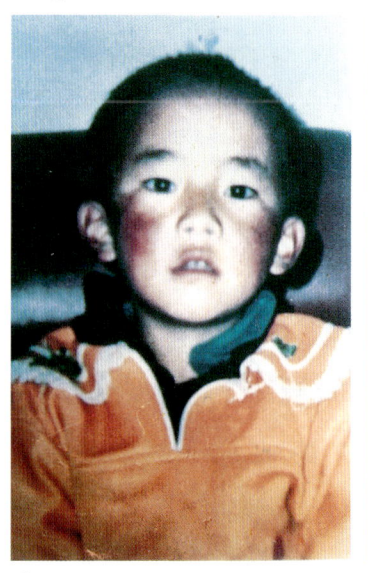

À esquerda, Gedhun Choekyi Nyima, o panchen-lama reconhecido pelo dalai-lama, e à direita, Gyaltsen Norbu, o panchen-lama legitimado pelos chineses.

acordo com o ritual budista do País do Alto. No dia 17 de novembro de 1995, 75 lamas tibetanos, a maioria refém de Pequim, foram convocados a comparecer em um prédio militar da capital, com um revólver na cabeça. Esse convite, ao qual nenhum deles poderia recusar, tinha o intuito de fazê-los negar a escolha do dalai-lama. Em seguida, os lamas posaram para a "foto de família", constrangidos e sem naturalidade, com a fisionomia fechada. Diante dos mais altos representantes do Estado e do Exército, o presidente Jiang Zemin anunciou que a fase final da busca da reencarnação seria "rápida".

No fim de novembro, as autoridades comunistas organizaram na prudente intimidade da madrugada, para não despertar suspeitas, um simulacro de cerimônia que mais parecia um teatro de fantoches do que a sábia liturgia budista. A encenação foi representada no Jorkhand, centro espiritual e geográfico de Lhasa, na presença de alguns lamas e de altos funcionários comunistas de paletó e gravata – entre eles Luo Gan, secretário-geral do governo e eminência parda de Li Peng. Bomi Rinpoche, um monge de 77 anos que desempenhava um papel secundário, embora os chineses tivessem tentado apresentá-lo como um alto lama, pôs em uma urna de ouro as três varetas de marfim em que estavam escritos os nomes de três meninos passíveis de serem a reencarnação do panchen-lama. De pé, em frente à grande estátua de Buda, o lama recitou orações e sacudiu o vaso sagrado acima da cabeça. Em seguida retirou uma vareta da urna com o nome de Gyaltsen Norbu, de 6 anos. O garoto era nascido na província de Nagchu, como Gedhun Choekyi Nyima, mas de pais pró-chineses. Então as trompas gigantes soaram e, envergonhado, o menino, que haviam escondido atrás de uma cortina, foi introduzido no santuário. Os ouvintes aplaudiram ruidosamente, o que não fazia o gênero desses locais santificados, e o secretário-geral do governo chinês pegou o novo "panchen-lama" no colo, felicitou-o e recomendou que amasse sua pátria e estudasse muito. Em 8 de dezembro, Gyaltsen Norbu foi entronizado no mosteiro de Tashi Lhunpo. Enquanto dois batalhões de soldados chineses cuidavam de sua segurança, entregaram-lhe um papel em que Jiang Zemin havia escrito em tinta dourada estas palavras surpreendentes: "Defenda a pátria e trabalhe no interesse do povo". Que pátria e que povo?

> O fato de os pais dessa criança serem membros do Partido Comunista é algo muito raro em nossas terras, espantou-se o dalai-lama. E embora também estivesse incluída entre os candidatos selecionados por Chadrel Rinpoche, de acordo com minhas buscas e minhas investigações, efetuadas com o maior cuidado, Gedhun Choekyi Nyima é realmente o único panchen-lama. Portanto, o reconhecimento de Nyima não poderia ser modificado. Estou extremamente preocupado com seu destino. Não tivemos mais nenhuma notícia dele. Segundo as poucas informações que recebemos, estaria preso em Pequim com os pais. Para os chineses, não há nem necessidade de matá-lo: bastaria fazê-lo tomar certas drogas que danificassem seu cérebro para sempre. Essa manobra dos chineses para reconhecer o panchen-lama "deles" é também um meio de destruir a imagem do budismo no mundo e uma maneira de Pequim consolidar sua autoridade no Tibete. Assim como tradicionalmente são os dalai-lamas que indicam a reencarnação dos panchen-lamas, caberá ao panchen-lama designar a minha depois que eu morrer. E se ele tiver sido doutrinado pelos chineses, eles escolherão uma marionete depois da minha morte. Se isso acontecer, será o fim das aspirações do povo tibetano à liberdade.

Depois do rapto do pequeno Gedhun Choekyi, a insubmissão e posteriormente a repressão religiosa recomeçaram. "Brigadas de reeducação" chinesas invadiram os mosteiros, que já haviam perdido de 50% a 95% de seus efetivos. Equipes de dez funcionários submeteram os monges restantes a sessões de reeducação de oito horas por dia. No fim dessas aulas obrigatórias, eles tiveram de assinar uma declaração de cinco itens, reconhecendo que o Tibete sempre pertencera à China, comprometendo-se a renegar o dalai-lama, aceitando como panchen-lama a criança escolhida por Pequim, prometendo não mais escutar as emissões de rádio em língua tibetana e renunciar a qualquer atividade separatista. Os que se recusaram a assinar foram jogados na prisão ou enviados para o campo de prisioneiros de Amdo, o maior do mundo, onde foram presas 10 milhões de pessoas. Outros preferiram cometer suicídio a renegar suas convicções. Quanto aos eremitas que meditavam tranquilamente nas montanhas, eles tiveram de pagar aluguel pela gruta escavada na pedra. As fotos do dalai-lama, apelidado pelos comunistas de "cabeça de serpente", foram proibidas. Os tibetanos as substituíram por molduras vazias. A nova política oficial declarou que a cultura tibetana não era budista e que o budismo era uma "religião importada da qual deviam se libertar". Era quase como querer que a Europa se livrasse do cristianismo porque sua origem é Israel. A propósito, de onde vem o marxismo?

Em 1º de julho de 2006, ao término de uma obra faraônica, o presidente Hu Jintao inaugurou o trem mais alto do mundo, que liga Pequim a Lhasa. Cuidadosamente orquestrado para parecer totalmente honesto, esse "dragão de ferro que dança no Teto do Mundo" é uma nova etapa no processo de sinização. Transporta 900 mil passageiros por ano, na grande maioria colonizadores hans. Em chinês, Tibete significa "a casa dos tesouros do Oeste".

Ani Ngawang Yangchen passou muitos anos nas prisões chinesas.

Parada militar em frente ao Potala, em 1º de outubro de 2000.
Página da direita, no alto: Treinamento do Exército chinês em uma base militar do Tibete.
Embaixo: Praça de Jokhang, Lhasa, maio de 2002. Os peregrinos são vigiados pela polícia chinesa. Qualquer tipo de reunião é proibido nesse lugar, que foi o ponto de partida de várias revoltas.

As importantes forças de ocupação, militar e nuclear, presentes no Tibete lembram diariamente aos tibetanos a opressão e o sofrimento de que são vítimas. De minha parte, eu gostaria que o Tibete fosse transformado em uma zona de não violência. A criação de uma zona como essa combina perfeitamente com o papel histórico de um Estado budista pacífico e neutro que separaria duas grandes potências, a Índia e a China.

Os chineses destruíram o ambiente natural do Tibete. Mais de 50 milhões de árvores foram derrubadas e transportadas para a China, enquanto aos tibetanos é proibido cortar uma única árvore ao lado de suas casas. A política chinesa de transferência de população desrespeita a Quarta Convenção de Genebra. Por exemplo, na província em que nasci, há 2,5 milhões de chineses para 750 mil tibetanos. A instrução, quando existe, é usada principalmente para reeducar o povo tibetano à moda chinesa.

No alto: Escola de Zadoi, ao sul do Tibete.
Ao lado: O trem que liga Pequim a Lhasa. Na foto, a passagem pelo desfiladeiro de Kunlun, a 4.767 metros de altitude.
Página da direita, no alto: Depósito de madeira a leste de Lhasa.

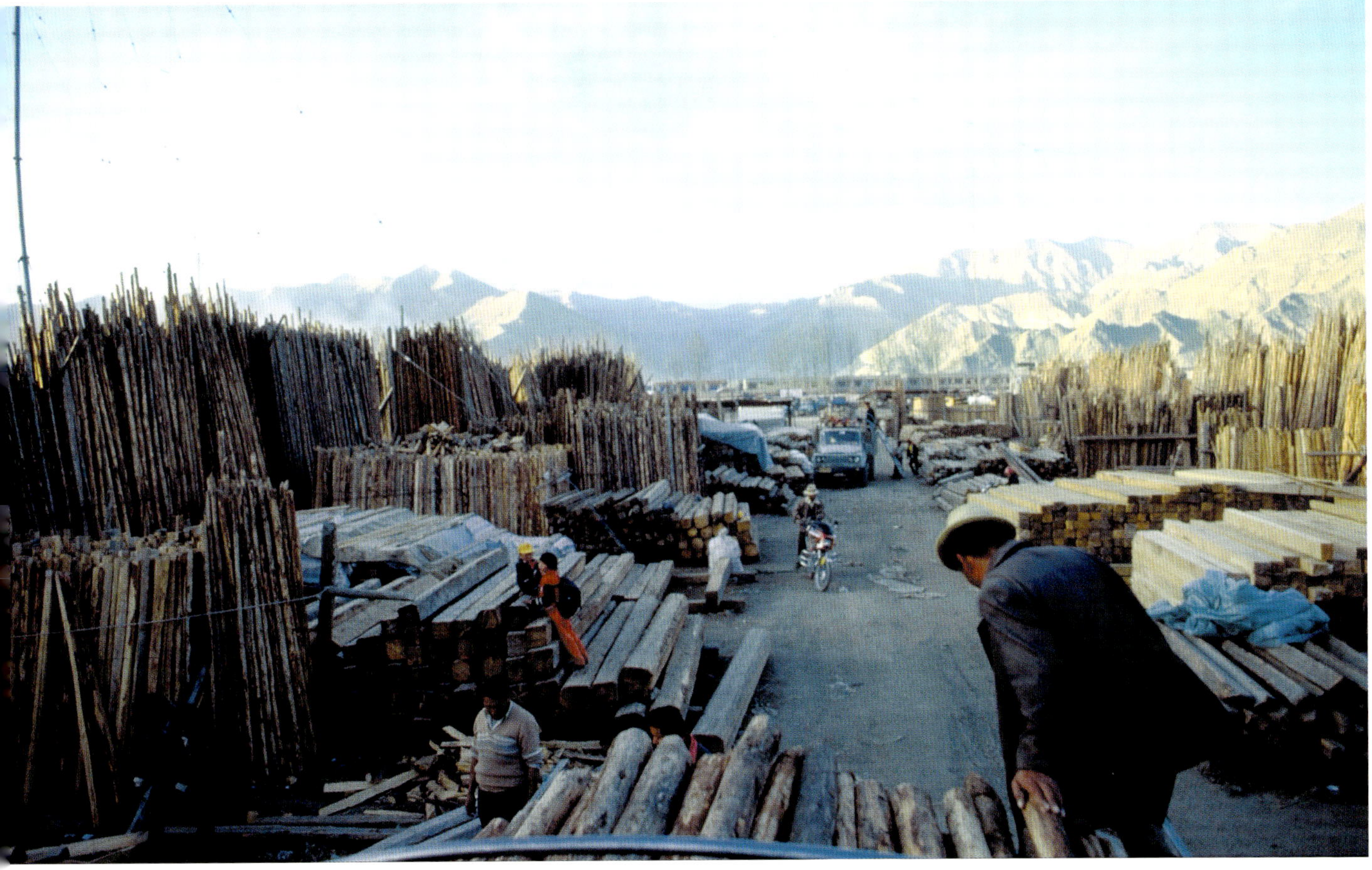

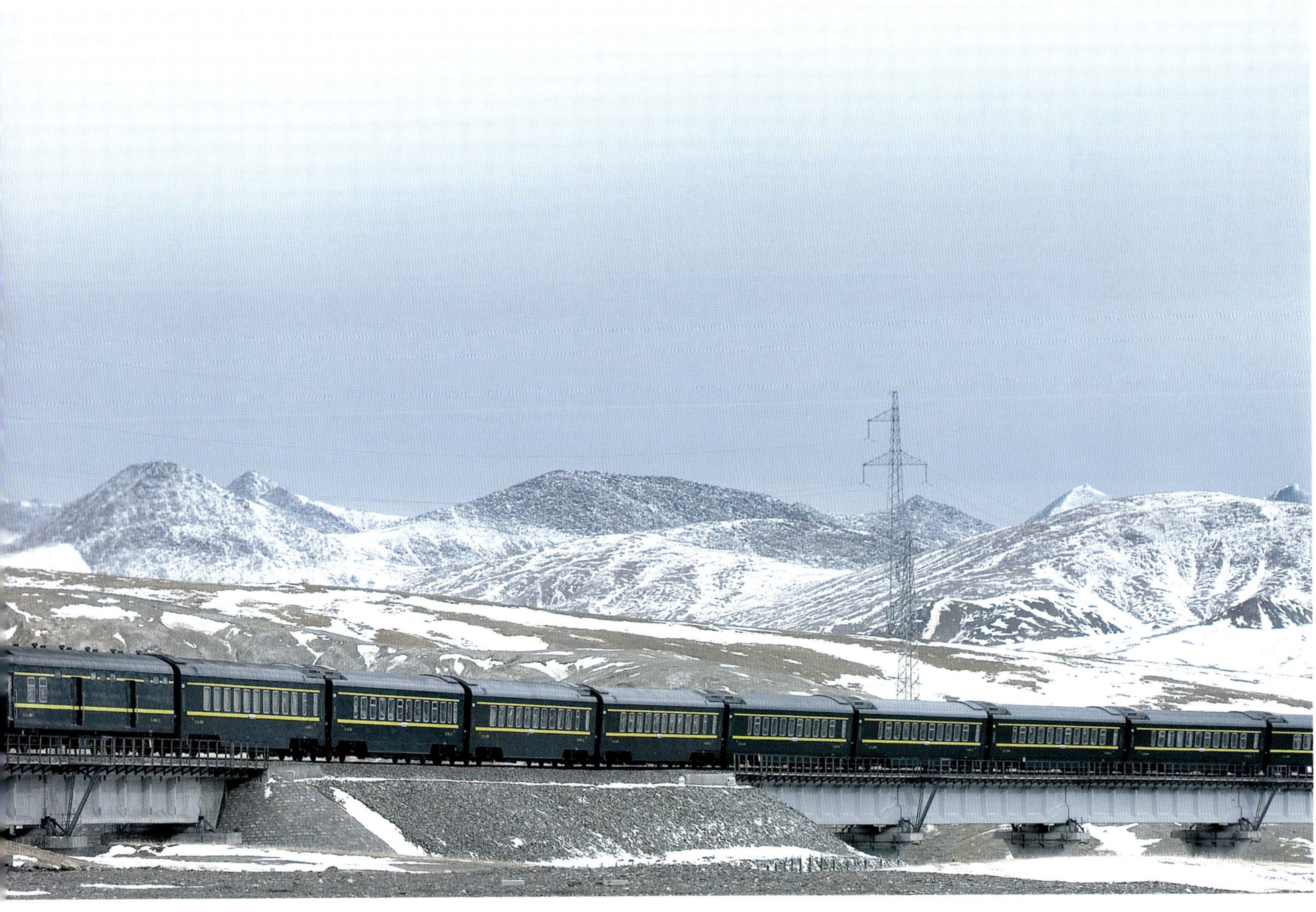

Grandes manifestações, seguidas de violentas repressões, tiveram início no Tibete em setembro de 1987, resultando na instauração da lei marcial, em Lhasa, em março de 1989. Em grande parte, essas manifestações eram uma reação ao enorme afluxo de imigrantes chineses. Nenhuma repressão, mesmo brutal, poderia abafar a voz da liberdade, e eu temia que ocorresse algo parecido com uma carnificina em Lhasa. Esses acontecimentos revelaram ao mundo a questão do genocídio tibetano.

Cenas da revolta dos monges tibetanos durante as manifestações antichinesas de 1987.

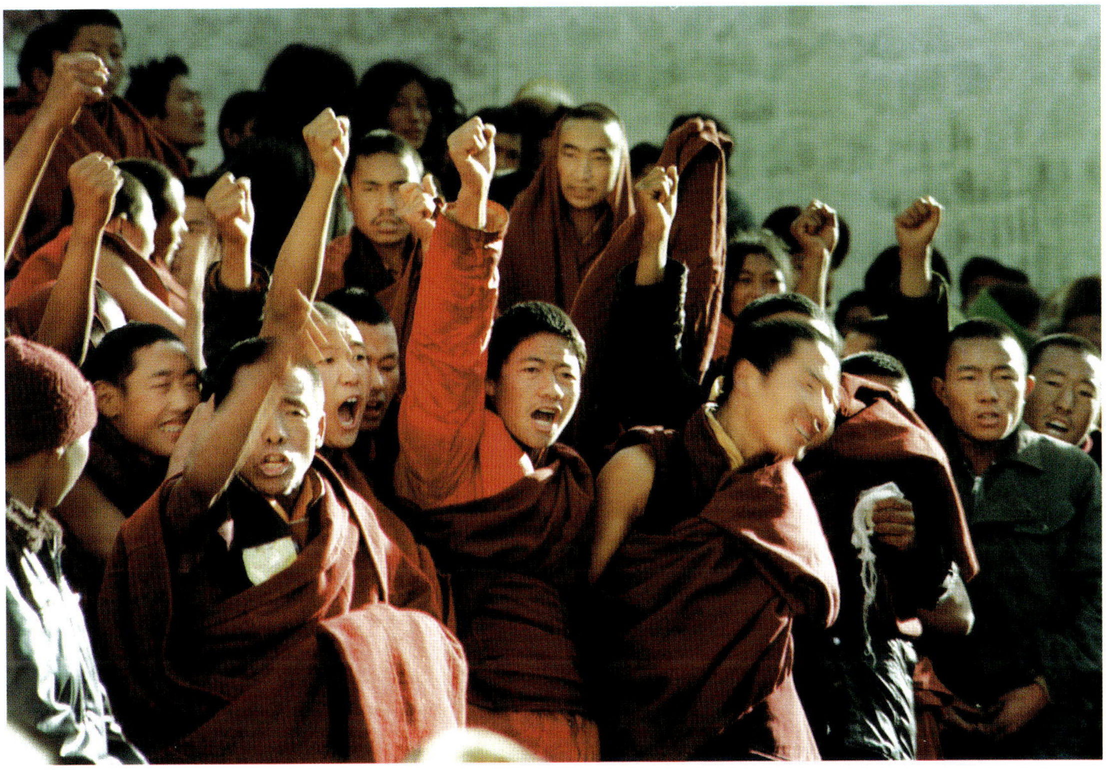

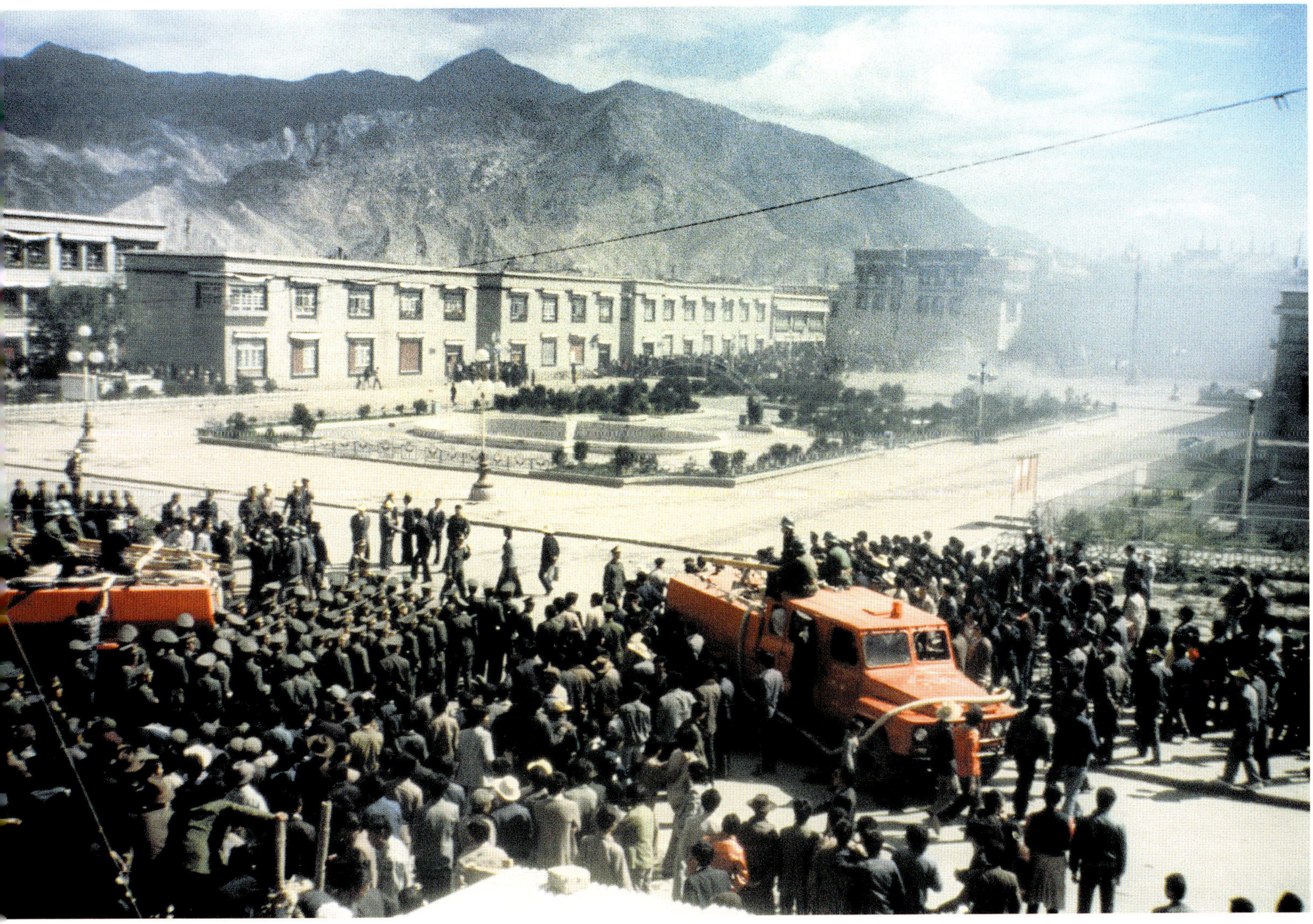

No alto: Um jovem monge tibetano que se refugiou na Índia para preservar sua liberdade religiosa.
Ao lado: A prisão de Drapchi, em Lhasa, construída pelos chineses assim que chegaram ao Tibete. Essa prisão tem a reputação de ser uma das mais terríveis para os prisioneiros políticos.
Página da direita: Palden Gyatso, de 78 anos. Esse monge tibetano, um dos mais velhos ex-prisioneiros políticos, sobreviveu a uma pena de 33 anos de detenção por ter participado de uma manifestação pacífica.

A repressão continua a ocorrer no Tibete, com violações numerosas, inimagináveis e flagrantes dos direitos humanos, com a negação da liberdade religiosa e a politização dos problemas religiosos. Tudo isso é resultado da falta de respeito do governo chinês pelo povo tibetano. Esses são os maiores obstáculos estabelecidos deliberadamente pelo governo chinês na sua política de união das nacionalidades. O maior campo de prisioneiros do mundo fica na província de Amdo. Ali podem ser mantidos 10 milhões de presos.

Além de todos os crimes cometidos contra seres humanos, os chineses destruíram 95% dos mosteiros. Tudo o que estava nos templos – estátuas, textos sagrados – foi destruído, saqueado ou mandado para Pequim para ser vendido nos antiquários. Os monges foram deportados para campos de trabalho forçado e obrigados a renunciar aos votos de celibato. As construções foram transformadas em estábulos ou alojamentos militares.

Em 1998, os chineses ameaçaram destruir o convento de Ragu. As monjas preferiram destruí-lo elas mesmas a permitir que os tratores chineses desonrassem esse lugar sagrado.

Página da esquerda: O mosteiro de Shide ("paz" em tibetano), no centro de Lhasa, foi destruído durante a Revolução Cultural. Como não faz parte dos circuitos turísticos autorizados, esse mosteiro nunca foi reconstruído.

Embora o governo chinês tenha permitido que os tibetanos reconstruíssem alguns mosteiros budistas e neles praticassem o culto, o estudo e o ensino formal da religião ainda são proibidos. Só alguns poucos indivíduos autorizados pelo Partido Comunista têm o direito de viver nos mosteiros.

No alto: Interior de um templo no Tibete.

Ao lado: Templo budista em Lhasa. Esses locais de espiritualidade continuam a ser o centro da resistência cultural e política do Tibete.

Página da esquerda, no alto: Interior do mosteiro de Drepung (dez quilômetros a oeste de Lhasa), o maior do Tibete antes da ocupação chinesa, com 10 mil monges. Atualmente, eles não passam de algumas centenas.

Embaixo: Um jovem monge tibetano recitando suas orações.

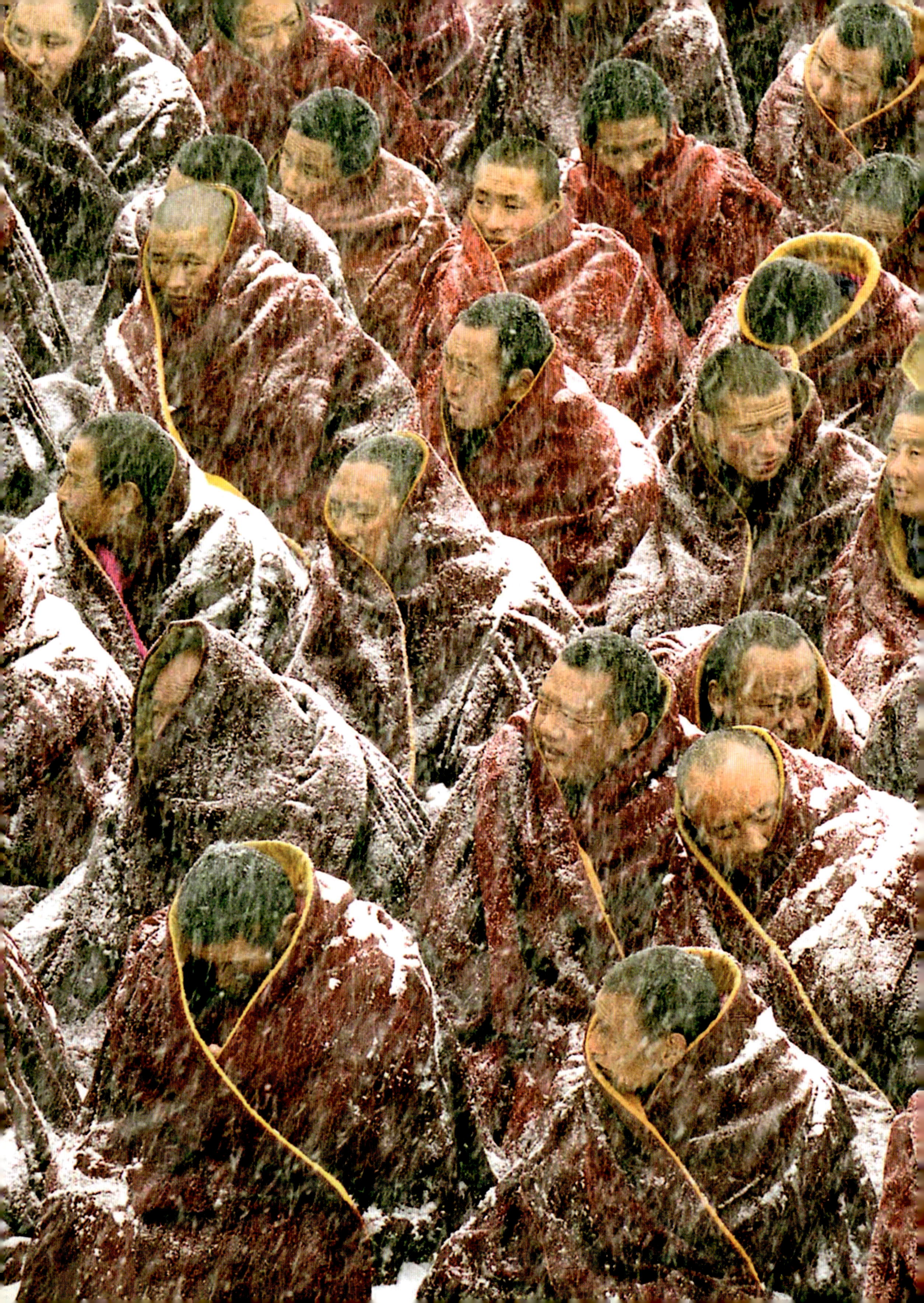

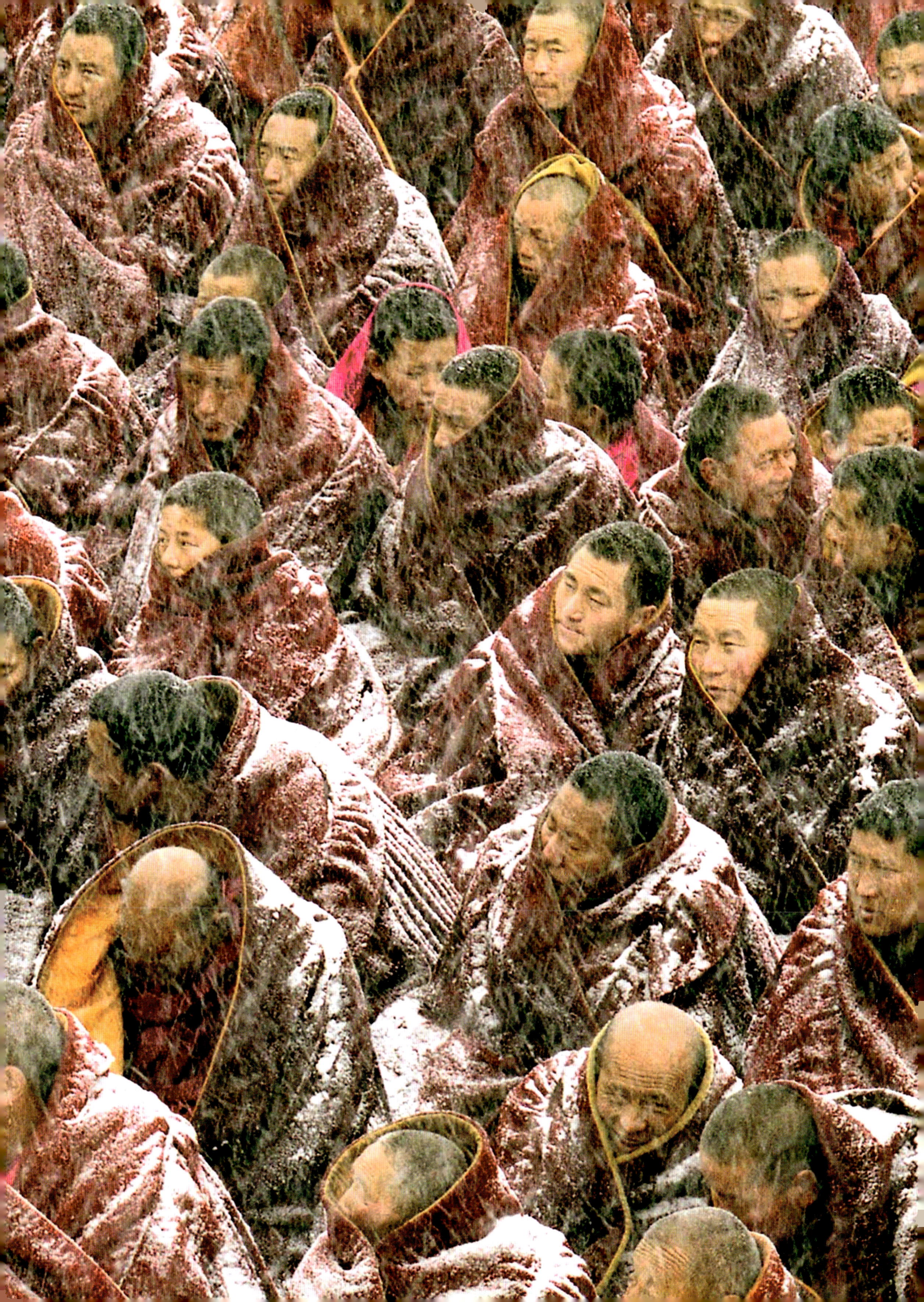

76

Depois da morte de Mao, os comunistas autorizaram o restabelecimento das festas e das práticas religiosas, especialmente as do Losar (nosso ano-novo). Nessa ocasião, o traje nacional passou a ser novamente tolerado e as peregrinações ao mosteiro de Jokhang foram restabelecidas, mas sob o controle do ocupante chinês.

Página da esquerda, no alto. A música ocupa um lugar importante nas celebrações religiosas tibetanas.
Embaixo; ao lado e página dupla seguinte: Cerimônias religiosas durante o Monlam, grande oração do ano-novo tibetano, no mosteiro de Labrang, em 2008.
Página dupla anterior: Monges assistindo a uma cerimônia no mosteiro de Labrang, a leste do Tibete, sob uma tempestade de neve.

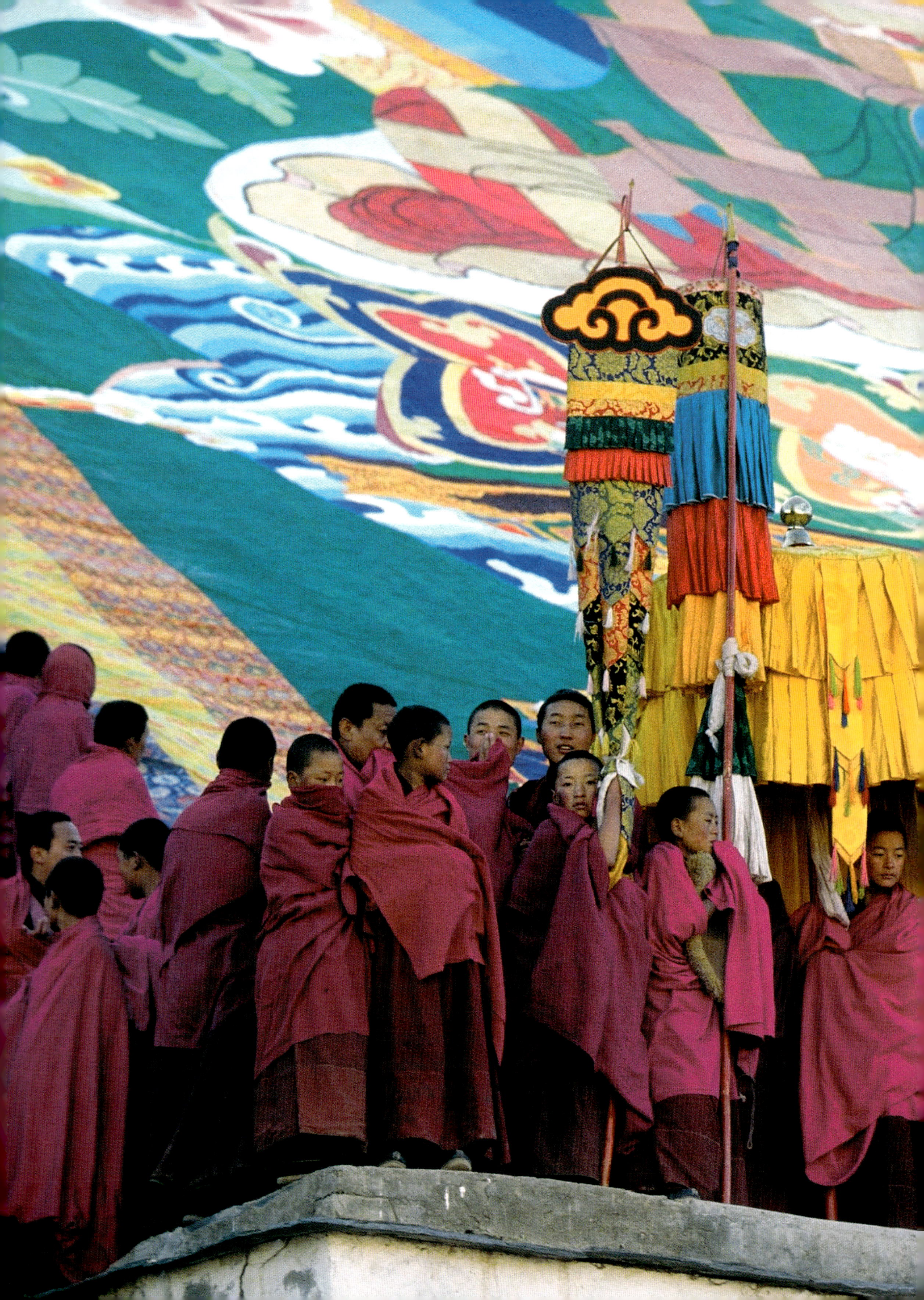

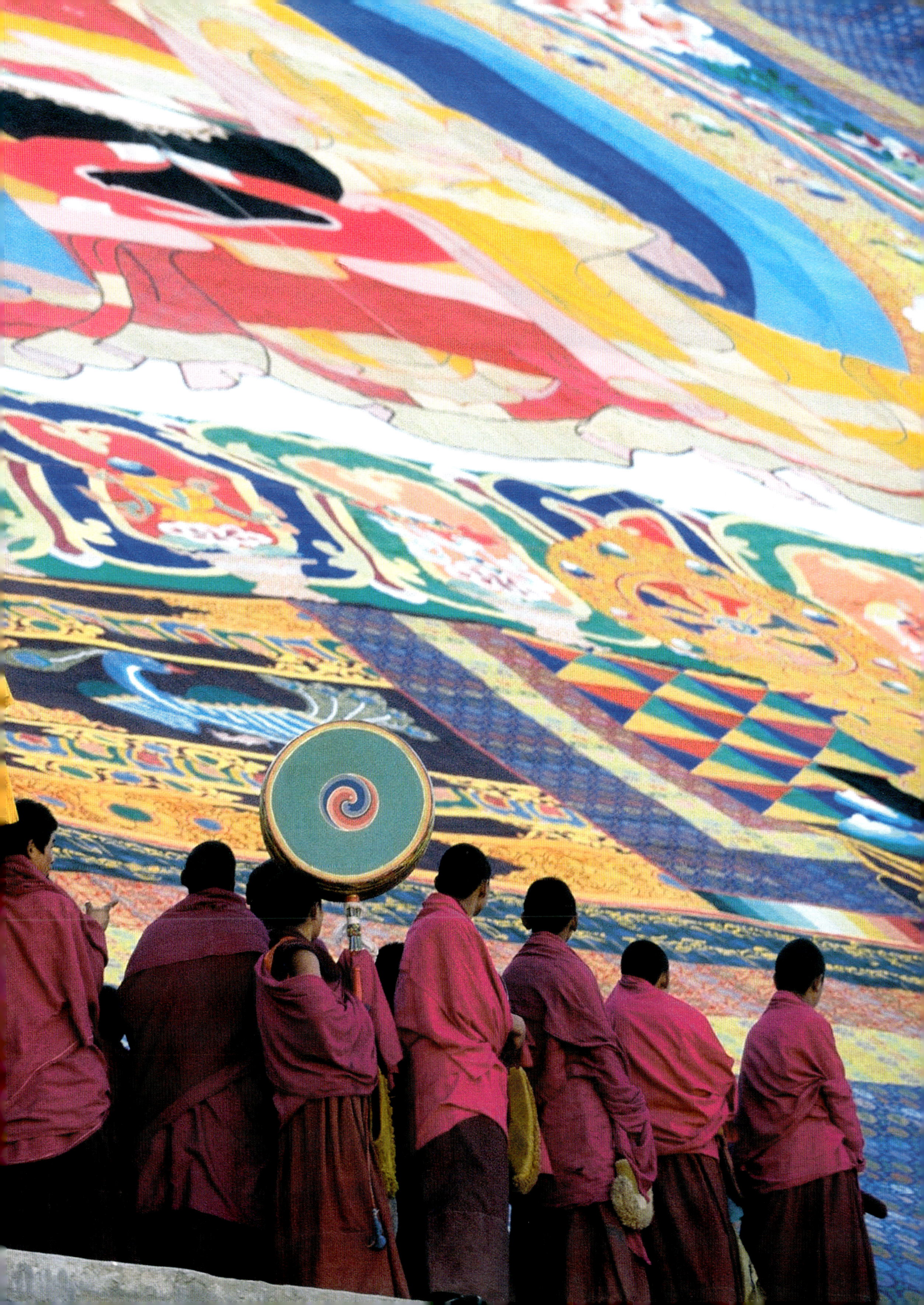

80

Para muitos chineses, o Tibete é uma relíquia do passado que serve como atração turística. No entanto, alguns visitantes conseguem dar testemunho do que veem realmente e não do que querem lhes mostrar. O país não deve ser isolado do mundo. É importante colher informações sobre a realidade do povo tibetano, reduzido ao estado de pobreza e de responsabilidade secundária.

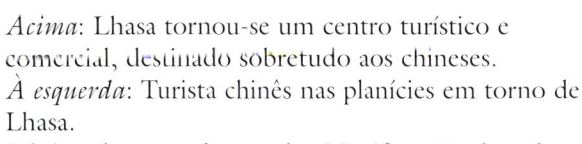

Acima: Lhasa tornou-se um centro turístico e comercial, destinado sobretudo aos chineses.
À esquerda: Turista chinês nas planícies em torno de Lhasa.
Página da esquerda, no alto: Manifestação de pobres nas ruas de Lhasa.
Embaixo: Para sobreviver, os tibetanos são frequentemente obrigados a servir ao invasor.

4. O Tibete no exílio

Em 1960, o dalai-lama se refugiou em Dharamsala, um pequeno povoado perdido nos contrafortes do Himalaia ocidental, em Himachal Pradesh. Embora os 2 mil metros de altitude dessa cidade no fim do mundo lembrassem vagamente aos tibetanos sua pátria, ela ficava longe de tudo, especialmente da capital. Existiam duas Dharamsala: uma situada na encosta da montanha e a outra, McLeod Ganj, apelidada de "a pequena Lhasa da Índia", mais acima.

Nos primórdios do século XX, na época em que o subcontinente ainda era conjugado no plural, os funcionários do Raj britânico transformaram McLeod Ganj em quartel de verão. Embora as florestas de cedro-do-himalaia fossem infestadas de chacais, panteras e leopardos, eles conseguiram transformar esse vilarejo nascido nos tempos védicos, onde ascetas seminus passavam a vida em meditação, em um recanto típico do Reino Unido, com suas igrejas e cemitérios, clubes revestidos de mogno e casinhas de campo decoradas com chintz, hortas onde cresciam ervilhas e jardins de rosas-chá mantidos por senhoras ruivas e pálidas sob as capelinas de seda. Em 1905, um terremoto destruiu McLeod Ganj, e a colônia britânica se refugiou em Simla. Sozinhos ou quase, os Nowrojees, família pársi estabelecida ali havia várias gerações, se recusaram a deixar sua casa. Enquanto Nehru procurava um refúgio para o dalai-lama, eles enviaram uma oferta de moradia a Delhi, e McLeod Ganj se tornou tibetana por bondade desses indianos que o domínio britânico havia tornado mais ingleses que a Inglaterra. Em maio de 1960, a bondosa família Nowrojee pôs à disposição de Kundun uma casa que ainda está de pé: Swarg Ashram, o "retiro celeste". Dharamsala é um dos lugares mais chuvosos do país e o telhado da casa tinha goteiras. O dalai-lama dormia com três baldes ao lado da cama. A falta de conforto não o incomodava, mas causava horror nos empregados e nos altos dignitários, tão cuidadosos, para não dizer exigentes, quando se tratava do bem-estar de seu precioso mestre. Ficou tão difícil respeitar as regras do protocolo nessas condições rudimentares que era praticamente impossível cumpri-las. A reviravolta não incomodava Kundun, ao contrário. "Éramos muito formalistas no passado. Não se podia falar, nem mesmo respirar livremente. Sempre detestei o protocolo. Fica tudo mais fácil nessas circunstâncias. E isso me deu uma compreensão mais profunda da religião, especialmente do caráter efêmero de todas as coisas."

O dalai-lama formou um governo que Nehru, por tê-lo recebido como chefe religioso e não como chefe político, se recusou a reconhecer. No entanto, quando a China anunciou "ter libertado o Tibete da servidão e do imperialismo", o pândita interrogou o parlamento indiano: "Libertou do quê? Isso não está claro para mim". Inicialmente, com ajuda de órgãos internacionais e de parte de sua fortuna, transferida para Sikkim em 1950, Kundun se preocupou em socorrer os refugiados (em breve seriam 100 mil), que eram obrigados a negociar a passagem pela fronteira e desembarcavam na Índia sem nenhum bem. Ele visitava os campos espalhados pelo país. Nas províncias do norte, milhares de tibetanos trabalhavam em condições terríveis na construção de estradas nas encostas escarpadas. Fossem monges, altos funcionários, camponeses, mulheres ou crianças, todos quebravam pedras debaixo de sol e, à noite, amontoavam-se

Jetsun Pema, irmã do dalai-lama, em Dharamsala.

em quinze ou vinte em tendas exíguas. Em Bylakuppe, distrito de Mysore, ao sul, onde se encontram as terras mais áridas da Índia, os refugiados desenvolviam doenças desconhecidas no Tibete, como a tuberculose, e sofriam de desnutrição. Ali fazia tanto calor e o clima era tão úmido que muitas centenas deles, acostumados ao clima seco e frio do Tibete, caíam nos campos que desbravavam e morriam.

O dalai-lama, com o apoio de sua mãe, conhecida como a "Grande Mãe", fundou o Tibetan Children's Village, a maior aldeia de crianças do mundo. Nem todas eram órfãs, mas os pais as mandavam para lá a fim de que tivessem uma educação verdadeiramente tibetana. Kundun restabeleceu as principais instituições da pátria perdida: o colégio de dialética, o Tipa (Tibetan Institute of Performing Arts), a escola da Ópera, a ordem dos fazedores de tempo* e dos oráculos do Estado. Para preservar a cultura religiosa, mandou reproduzir em Karnataka, evidentemente em uma escala mais modesta,

---

* Eremitas que, pela prática da meditação e pela recitação de mantras, teriam o poder de controlar o tempo (sol, chuva etc.). (N.T.)

os antigos mosteiros de Ganden, Sera e Drepung. Suas irmãs e irmãos o ajudaram em todas as suas atividades. O 13º dalai-lama havia previsto que voltaria "multiplicado" para ajudar seu sucessor na tarefa. A família do 14º tem três reencarnações masculinas e as mulheres são de uma dedicação admirável. E como, no fim das contas, a vida continuava, o dalai-lama domesticou um gamo, recolhia e cuidava dos animais doentes, criava cães barulhentos e indóceis, como Sangye, o grande lhasa apso que ele dizia ter sido monge em uma vida anterior, um desses monges que haviam morrido de fome durante a Revolução Cultural. Também adotou um gatinho encontrado em um bosque. O animal, paralisado, estava à beira da morte. Ele o levou para casa e lhe deu uma pílula de Rinchen Ratna Sampel, feita com setenta ingredientes, entre eles ouro, pedras preciosas, coral e mercúrio destoxificado. Depois de uma semana, o gato dava cambalhotas no jardim. Kundun alimentava os pássaros, começando pelos pardais, que protegia mais do que os outros. Achava-os mais fraternais: cada um pegava o que lhe era destinado e ia embora. Os pássaros de Dharamsala gostavam muito do jardim desse ser humano que não os assustava.

> Todos os seres vivos me são próximos e os animais me impressionam muito. Por exemplo, as borboletas são muito interessantes. Elas põem trinta ou quarenta ovos, todos juntos, em uma folha em especial, em um lugar em especial. Em seguida, os ovos se abrem, as larvas aparecem, sem defesa, sem proteção. Então, todos esses pequenos insetos se reagrupam como uma força unificada e, no fim, partem em direções opostas, sem objetivo. Isso sempre me deixa extremamente triste. O destino das abelhas é mais alegre. Elas trabalham juntas, como uma colônia, com um senso de responsabilidade e com uma organização bem melhores do que os nossos. Elas não têm nem religião, nem moral, nem lei, nem força policial, nada! Apenas cumprem seu dever com confiança e sinceridade. Nós, os budistas, sempre nos consideramos os mais inferiores dos seres sensíveis. Sob certos aspectos, posso provar que sou bem pior do que os animais. Por isso, tenho por eles um profundo respeito.

Kundun nunca perdia uma oportunidade de bombardear seus guarda-costas com bolas de neve e vencia seus ministros no pingue-pongue e no *badminton*. Perplexos, eles às vezes se perguntavam como esse grande lama, que tantas vidas levaram ao limiar da eternidade, podia ser tão infantil. Ele voltou a estudar inglês, que acabou falando de forma mais ou menos correta, mas com um sotaque bastante floreado. Repetia constantemente para as pessoas à sua volta, que estavam a um passo do desespero: "Lembrem-se de que a dor existe na medida em que se compara ao prazer". Todas as manhãs, onde quer que esteja, Kundun se levanta às 3h30, faz uma centena de prosternações diante do grande Buda de bronze e reza "para todos os seres, sem exceção". Sentado na posição de lótus, com os olhos semicerrados, ele medita sobre a vacuidade, a impermanência, a natureza transitória das coisas, a lei da causalidade e a morte.

Por volta das seis horas, quando Dharamsala acorda e as mulheres trançam os cabelos com fitas vermelhas e dão banho nos filhos com água gelada, o dalai-lama toma um café da manhã constituído de biscoitos, *tsampa* e chá. Enquanto isso, ouve a BBC, a All India Radio e a Voz da América. Em seguida, consagra a manhã aos negócios tibetanos. O governo democrático no exílio é composto de Assembleia Legislativa, Comitê Nacional e seis ministérios, entre eles uma Secretaria da Saúde, que não tinha razão de ser no Tibete, porque, dada a pureza do clima, as pessoas raramente ficam doentes. Todos os refugiados pagam por mês uma rupia de imposto para manter a modesta administração. O dalai-lama encorajou enfaticamente a criação de partidos de oposição, inclusive um partido comunista cujos membros viviam expulsando uns aos outros e se acusando de desviacionismo – e que por falta de militantes acabou desaparecendo. Ao meio-dia, ele almoça em uma solidão régia, lendo os textos sagrados. Ainda que seja o dalai-lama e o povo tibetano o considere um buda, ele continua a estudar e recebe ensinamentos de mestres espirituais, como Trulsik Rinpoche, um velho e eminente lama diante do qual Kundun se faz pequeno e se prosterna, mais humilde do que uma formiga. À tarde, ele recebe os combatentes da resistência, as pessoas ilustres, os cientistas, os que lutam

O dalai-lama em sua casa em Dharamsala, em 1979.

pela liberdade, os multimilionários e os mais pobres dos pobres, esses tibetanos em farrapos que fogem de seu país e soluçam ajoelhados, sem ousar erguer os olhos para aquele que os ouve, observa suas almas e seus corações e, às vezes, vira-se para esconder as próprias lágrimas.

A partir de 1973, Kundun começou a viajar para ensinar o budismo e alertar a opinião internacional para o drama do Tibete. Participou de congressos, distribuiu ensinamentos e deu entrevistas coletivas. Na primeira viagem que fez à França, recebeu um convite de meia dúzia de tibetólogos que durante quatro horas lhe explicaram a história de seu país. Ao fim dessa árdua sessão, ele se virou discretamente para um grande lama que o acompanhava e perguntou: "Rinpoche, você poderia me dizer o que é um tibetólogo?". O dalai-lama mudou várias vezes de residência por causa dos tremores de terra e tem muito orgulho de sua casa atual, construída de acordo com as normas antissísmicas: é dotada de uma antena parabólica que capta as televisões chinesas e soviéticas. De seu terraço, quando a névoa do amanhecer ainda banha o Kangra, o vale dos deuses que se estende sob os cumes, tem-se a impressão de ver o mar se mover, como uma onda lenta que se quebra lá embaixo, na Índia fervilhante, com suas árvores desenhadas a ponta-seca. As luzes do crepúsculo apagam as fronteiras do Tibete e, de sua janela, Kundun observa a eternidade por alguns instantes. Os anos se passaram e o mundo ainda não sabe, ou sabe muito pouco, que lá no alto um povo perseguido ainda luta à sua maneira, com orações, atiradeiras e uma vitalidade quase sobrenatural que o desespero às vezes concede às pessoas que nunca se entregam. Para eles, nem mesmo a morte pode se opor à liberdade. Kundun continua a ser o humilde monge budista do presente, do instante, que acorda ao raiar do dia para conversar com as divindades, que contempla o infinito quando cai a noite e viaja de avião para ir ao encontro dos homens.

Como cidadão planetário, ele agradece à China por ter feito dele "o mais popular dos dalai-lamas, o primeiro a dar entrevistas para a BBC, o mais útil e também o mais triste". A cada uma de suas viagens ao exterior, a China ameaça com represálias econômicas os países que o recebem ou faz pressão para que lhe neguem o visto de entrada.

> No entanto, a China não pode continuar isolada do resto da comunidade mundial. Cada um de seus membros tem a responsabilidade moral de levar o país à democracia e ajudar a prevenir os imensos sofrimentos que uma guerra civil causaria ao povo. Se o Ocidente continuar a fazer negócios com a China, sem se preocupar com as violações aos direitos humanos, essa situação não vai se resolver. Sem dúvida, a comunidade mundial também tem a responsabilidade de ajudar o Tibete, submetido há tanto tempo a um genocídio cultural e a uma violação sistemática dos direitos humanos. E isso por duas razões: como o Tibete tem uma localização muito especial, entre a Índia e a China, sua libertação e sua desmilitarização devem desencadear um processo de paz entre esses dois países que compartilham as mesmas fronteiras e têm relações muito tensas; além disso, a cultura tibetana não é só uma cultura única, mas acho também que é bastante benéfica, na medida em que tem o poder de criar mais bondade e paz interior, coisa de que todos nós precisamos. A longo prazo, ela pode ajudar os chineses, pois o comunismo destruiu a civilização deles e não deu nada em troca. A preservação das culturas é uma necessidade, especialmente das que podem ser benéficas para a humanidade. A solução para os conflitos, em seus fundamentos e em sua base, é espiritual. O desarmamento exterior passa obrigatoriamente pelo desarmamento interior.

Essa é uma das razões pelas quais, quase todos os anos, Kundun faz a iniciação de Kalachakra para a paz no mundo, em diferentes lugares do planeta. Essa iniciação extremamente difícil, e, portanto, incompreensível para a maioria das pessoas, faz parte da Anuttarayoga, o tantra superior, e foi ensinada pela primeira vez pelo buda Sakyamuni. Ela traz àqueles que conseguem recebê-la o poder imediato de desenvolver certos recursos da mente e uma calma espiritual que é benéfica não apenas para a própria pessoa, como também para a comunidade universal. O dalai-lama, que é um dos divulgadores dessa iniciação, sonha em transmiti-la em Pequim, na praça Tien an Men*, para aqueles que considera não seus "inimigos", mas seus "irmãos e irmãs".

Centenas de milhares de pessoas em todo o mundo pedem que ele lhes transmita o ensinamento de Buda. Ele

* Praça da Paz Celestial. (N.T.)

Preparação para uma iniciação tântrica.

lembra a essas pessoas que é inútil mudar de religião, mas deve-se sim conservar a sua própria, quando se tem uma. Mesmo que o budismo – tão moderno e realista e que assim continuará enquanto o espírito continuar a existir – possa ser benéfico a todo mundo, sua prática e seu estudo profundos não são necessariamente adaptáveis a todos.

> A multiplicidade religiosa é essencial, diz ele. Fundamentalmente, todas as doutrinas visam ao mesmo objetivo e ensinam os princípios de uma moral que servirão de molde para as funções da palavra, do corpo e do espírito. A unidade entre as religiões não é uma coisa irrealizável e, no estado atual do mundo, teria uma enorme importância. Essa unidade entre as pessoas que têm uma crença prestaria um favor aos ateus, pois essa luz intensa, essa unanimidade recuperada poderia incitá-los a livrar-se da sua própria ignorância, que é a origem da sua dor. Não existe prazer comparável ao que se alcança com os exercícios mentais. É o maior prazer de todos e, pela sua natureza, é definitivo.

Kundun ensina com fervor brincalhão públicos cada vez mais numerosos. Quando percebe, no meio da multidão, um seguidor que parece não ter compreendido, ele retoma e refina a explicação, como se lapida um diamante até a perfeição. Dirigidas a todos, suas palavras são uma oferenda dedicada a cada um dos ouvintes. Às vezes, eles podem fazer perguntas. Um dia, um participante perguntou: "O que faremos quando todos nos tornarmos budas?". "Uma festa!", respondeu ele, contorcendo-se em risadas. No dia 5 de outubro de 1989, o júri de Oslo telefonou ao amanhecer para a Califórnia, anunciando que iria conceder o prêmio Nobel da Paz a Sua Santidade o Dalai-Lama. Naquela hora, Kundun meditava e não se pode interromper a oração de um monge. Três horas depois, ele pôs os óculos, sacudiu a túnica púrpura e soube que sua luta pacífica havia sido recompensada. Ele simplesmente sorriu e suas primeiras palavras foram para os dois dissidentes tchecos, considerados os favoritos, e para os estudantes de Tien an Men.

Em 5 de janeiro de 2000, um menino de 14 anos, incrivelmente maduro para a sua idade, desembarcou em Dharamsala. Orgyen Trinley Dorje, o 17º karmapa, chefe da escola Kagyupa e 3º dignitário religioso do Tibete, fugiu do País das Neves para alcançar a terra sagrada da Índia. Em 28 de dezembro de 1999, o príncipe prisioneiro da China burlou a vigilância dos guardas com o pretexto de fazer um curto retiro e abandonou o mosteiro de Tsurphu, no vale de Drowolung, perto de Lhasa. Seu ar modesto, sério e reservado sempre foi interpretado pelos chineses como submissão. Ele pediu para ver o dalai-lama, que cancelou tudo para recebê-lo na mesma hora. A morte do 16º karmapa em Chicago, em 1981, foi acompanhada de fenômenos surpreendentes. Os médicos americanos não conseguiram diagnosticar a doença do grande lama. Ele morreu em 5 de novembro, sentado na posição de meditação. Permaneceu assim por cinco dias, deixando o corpo médico estupefato. O 16º karmapa deixou uma carta em que explicava a conduta que deveria ser seguida para encontrar seu sucessor. Orgyen Trinley Dorje não era uma criança como as outras. Algum tempo antes de seu nascimento, em 26 de junho de 1985, um pássaro estranho, que ninguém nunca vira no Tibete, pousou na casa de seus pais e chilreou demoradamente um canto que lembrava uma oração. Depois, um duplo arco-íris apareceu, embora não chovesse no vale havia semanas, e permaneceu sobre os campos por vários dias. Em 1992, Kundun reconheceu formalmente o 17º karmapa e Pequim, pela primeira vez em sua história, oficializou uma reencarnação. O objetivo, ao instalar a criança no mosteiro de Tsurphu, era doutriná-la e dobrá-la às exigências do Partido Comunista para transformá-la em uma arma contra o pacífico dalai-lama, considerado o inimigo mais perigoso da China. A partir de 1994, o jovem karmapa foi mais ou menos obrigado a fazer uma série de visitas a Pequim, onde se encontrou com Jiang Zemin e com o "falso" panchen-lama, diante do qual ele se recusou a se prosternar. Ele fugiu do Tibete para ir ao encontro na Índia – onde se refugiou – de Tai Situ Rinpoche, o mestre espiritual que o segue em todas as suas vidas, e assim usufruir dos verdadeiros ensinamentos. "O ensinamento mais importante de Buda é a Grande Compaixão", disse Orgyen Trinley Dorje, "mas, para praticá-lo, é preciso ser livre."

No início, os refugiados que abandonavam o Tibete eram homens, mas logo famílias inteiras começaram a chegar. Eu ficava de coração partido quando via o grande sofrimento do meu povo. A situação do refugiado é realmente desesperadora e cheia de perigos. Ele precisa fazer um pacto com a realidade, porque não tem mais condição de alimentar ilusões.

Nos anos 1960, órfãos tibetanos chegam a Pathankot, na Índia, a bordo de aviões militares americanos, para depois seguir para Dharamsala.
Embaixo e página da direita, embaixo: Alojamentos no campo de Missamari, na Índia, erguidos para receber os refugiados tibetanos.
Página da direita, no alto: Refugiados tibetanos a caminho do exílio.

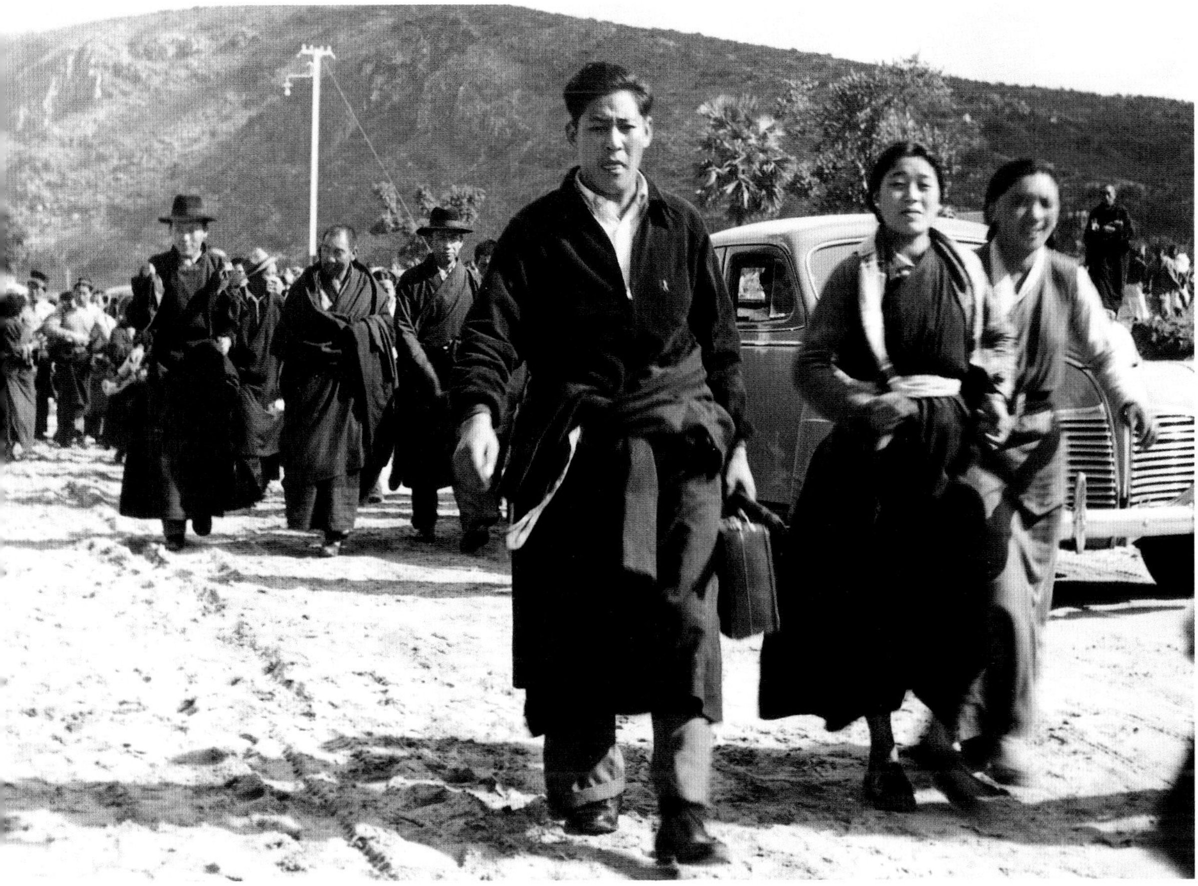

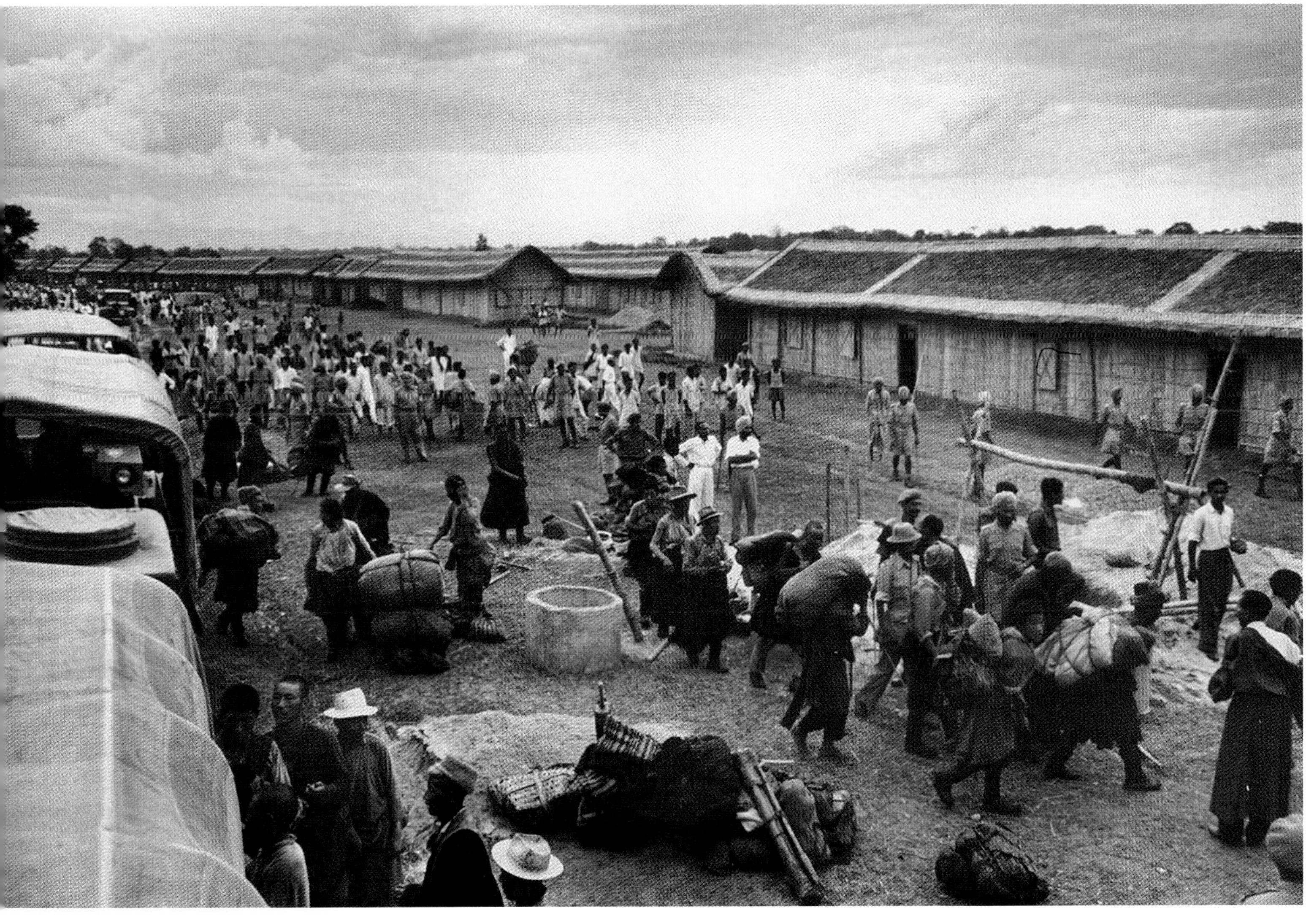

Se o governo e o povo indiano não tivessem tão generosamente acolhido e apoiado nossa comunidade no exílio, se não tivéssemos recebido ajuda de órgãos e pessoas de várias regiões do mundo, hoje só restariam alguns fragmentos esparsos da nossa nação. Nossa cultura, nossa religião e nossa identidade nacionais teriam pura e simplesmente desaparecido.

No alto: Manifestação em Nova Delhi contra a ocupação do Tibete pela China.
Ao lado: Imagem da guerra sino-indiana.
Página da esquerda, no alto: O primeiro-ministro indiano Jawaharlal Nehru e o dalai-lama.
Embaixo, à esquerda: O dalai-lama e Indira Gandhi.
Embaixo, à direita: O dalai-lama em uma recepção com o governador de Uttar Pradesh, B. N. Dass, em Nova Delhi.

No alto: Refugiados tibetanos constroem uma estrada depois de chegarem à Índia, nos anos 1960.
Embaixo: Tibetanos trabalhando em uma plantação ao sul da Índia.
Página da direita, no alto: Em 1960, visita do dalai-lama ao sul da Índia, antes da instalação de uma colônia de refugiados em Mysore.
Embaixo: O dalai-lama cercado de crianças refugiadas em Kulu Manali, na Índia.

Quando o governo indiano decidiu me instalar em Dharamsala, não longe da capital, eu me perguntei se não estavam tentando me afastar do mundo. Em condições que me deixavam deprimido, vi números tibetanos trabalhando sem parar na construção de estradas.

No entanto, pude abrir a primeira creche quinze dias depois da nossa chegada. Pedi a Tsering Dolma, minha irmã mais velha, que assumisse a direção. Cinquenta crianças foram acolhidas em um espaço muito pequeno e, no fim do ano, o grupo já era três vezes mais numeroso. Mas, apesar disso, o bom humor dos órfãos nos reconfortava.

No exílio, os tibetanos exercem plenamente seus direitos democráticos, graças a uma constituição que promulguei em 1963. Depois de imensos esforços, reunimos, preservamos e publicamos todos os textos escritos que conseguimos encontrar e também construímos centros de estudo e prática do budismo.

No alto: Sala do Conselho dos Ministros do governo tibetano no exílio, em Dharamsala.
Embaixo: Cibercafé em Dharamsala.
Página da direita, no alto: Na biblioteca, os monges restauram os manuscritos antigos que conseguiram salvar do invasor chinês.
Embaixo: Interior de uma casa de refugiados tibetanos, em Dharamsala.

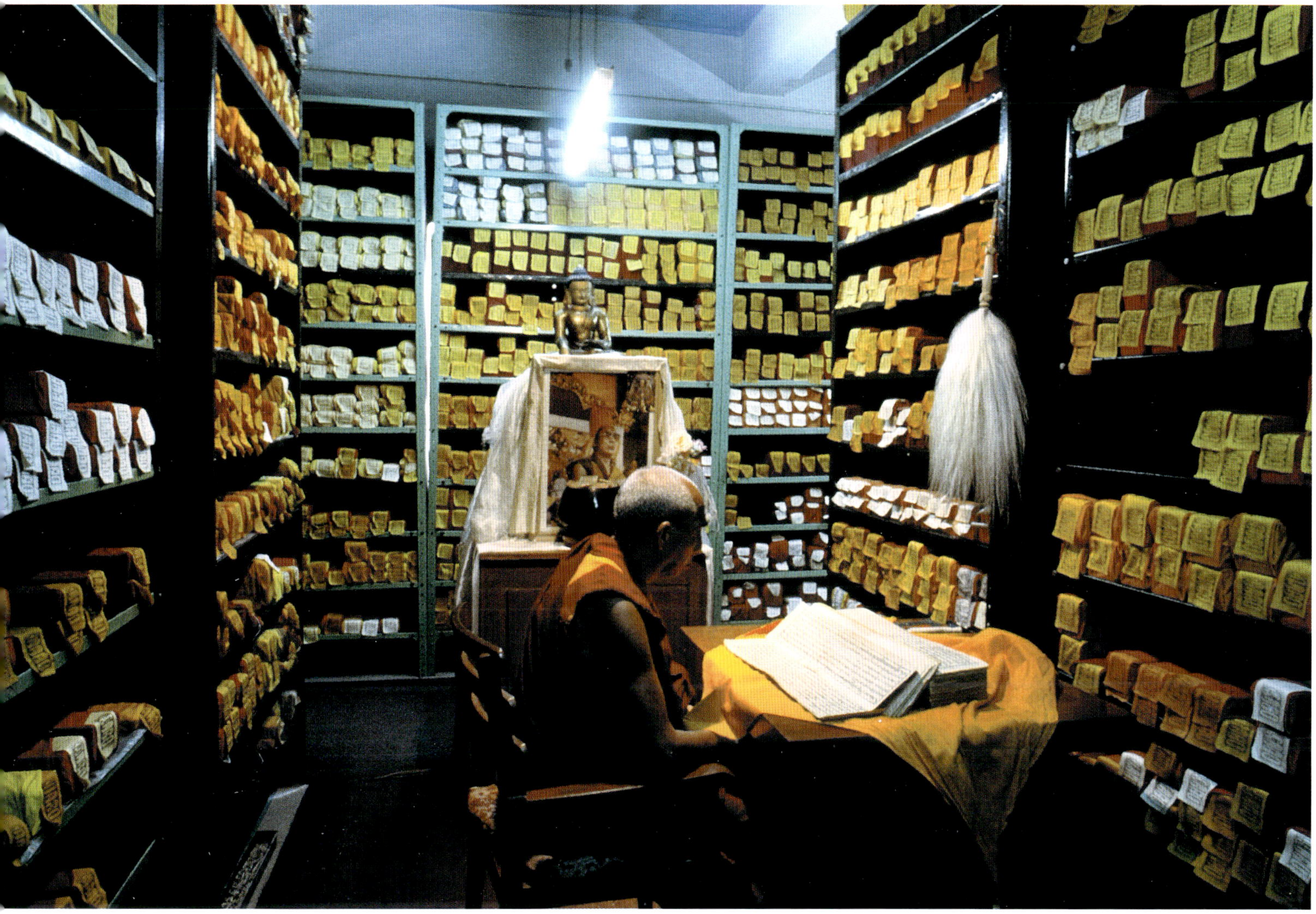

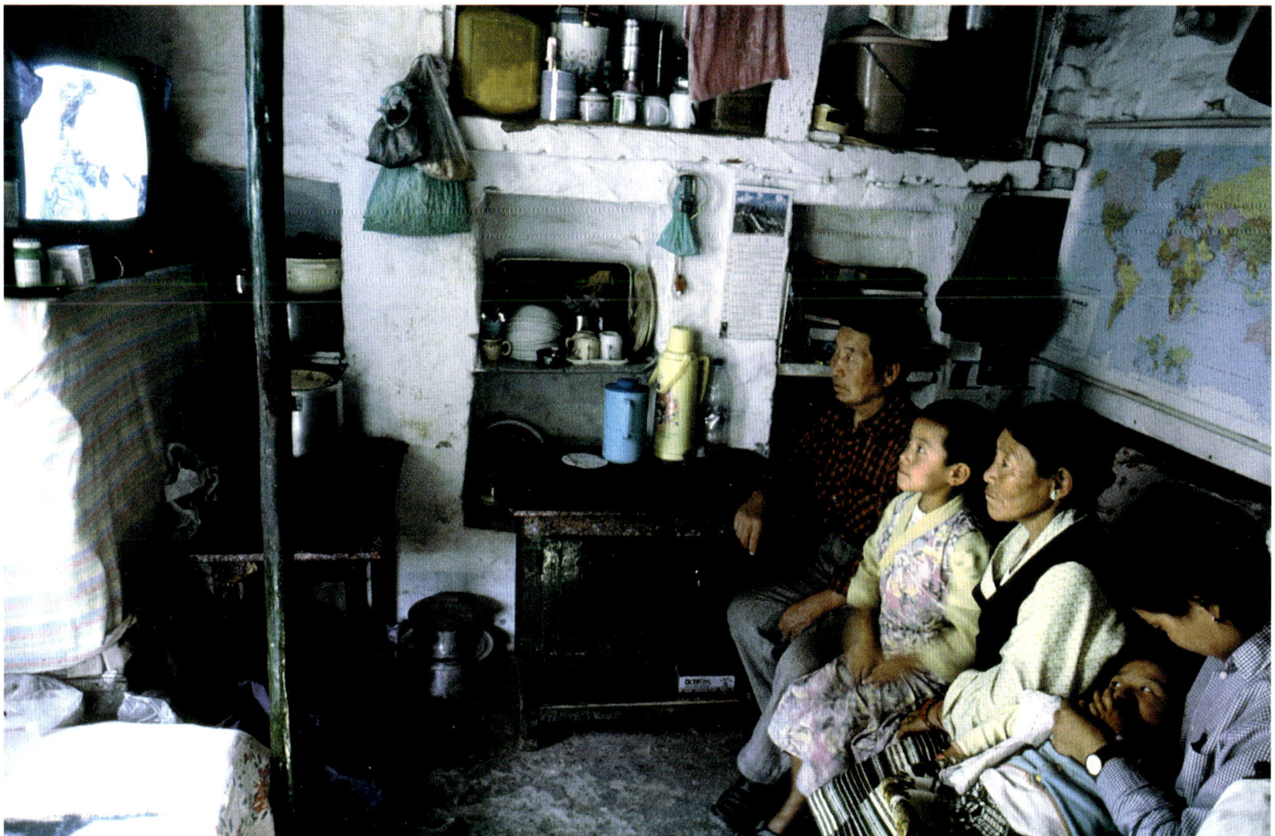

O debate dialético, baseado em um profundo conhecimento da filosofia e dos textos religiosos, é uma disciplina única e essencial dos estudos monásticos tibetanos. Cada ponto de discussão é enfatizado por um gesto firme das duas mãos, cujo objetivo é desarmar o adversário ou reforçar a própria atenção para não perder o fio do pensamento.

Jovens monges tibetanos treinam para os debates dialéticos, em Dharamsala.
Página da direita, no alto: Sala de orações da residência no exílio do karmapa, no mosteiro de Gyuto, perto de Dharamsala.
Embaixo: Em um templo, um monge enche as lamparinas com manteiga.

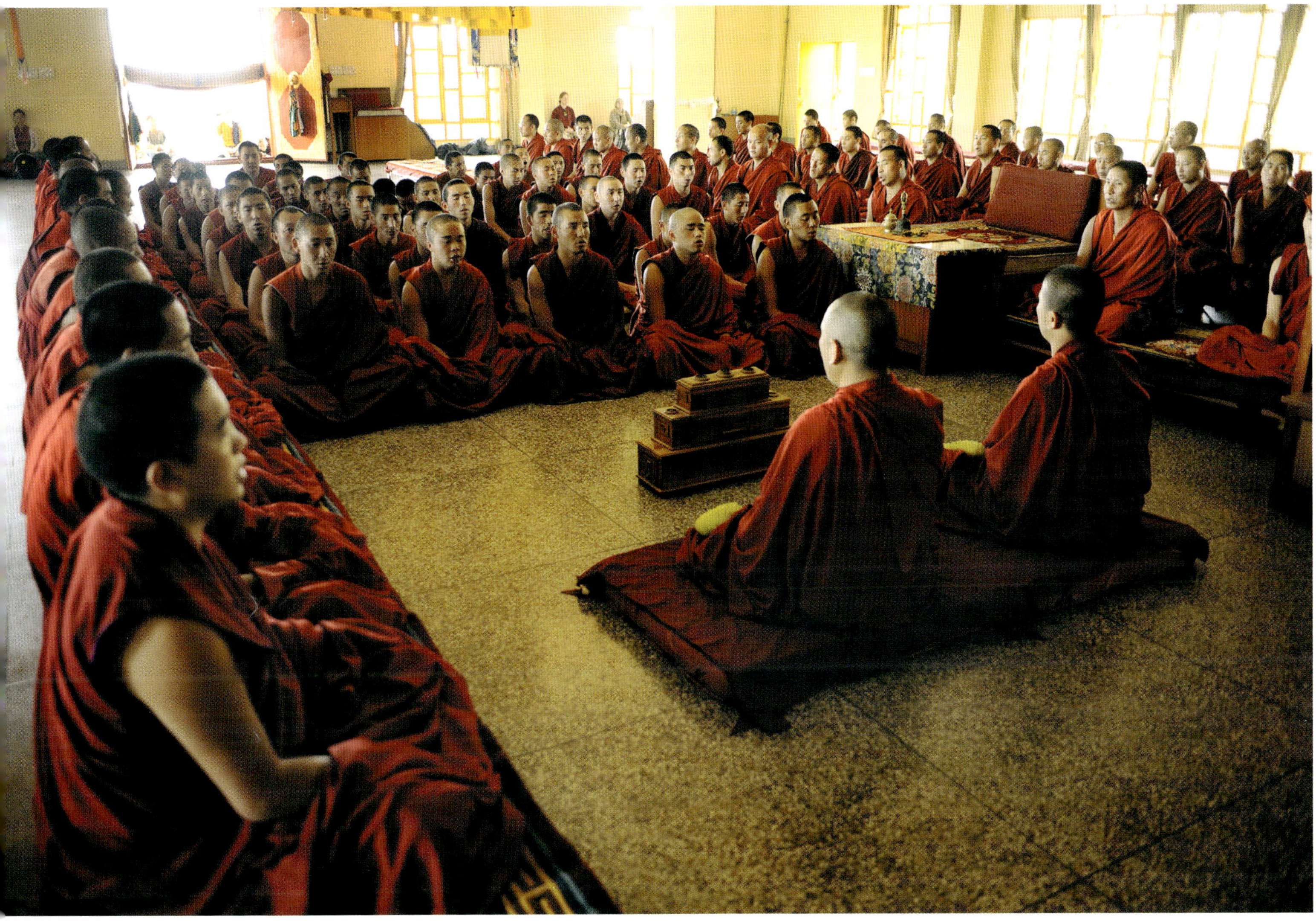

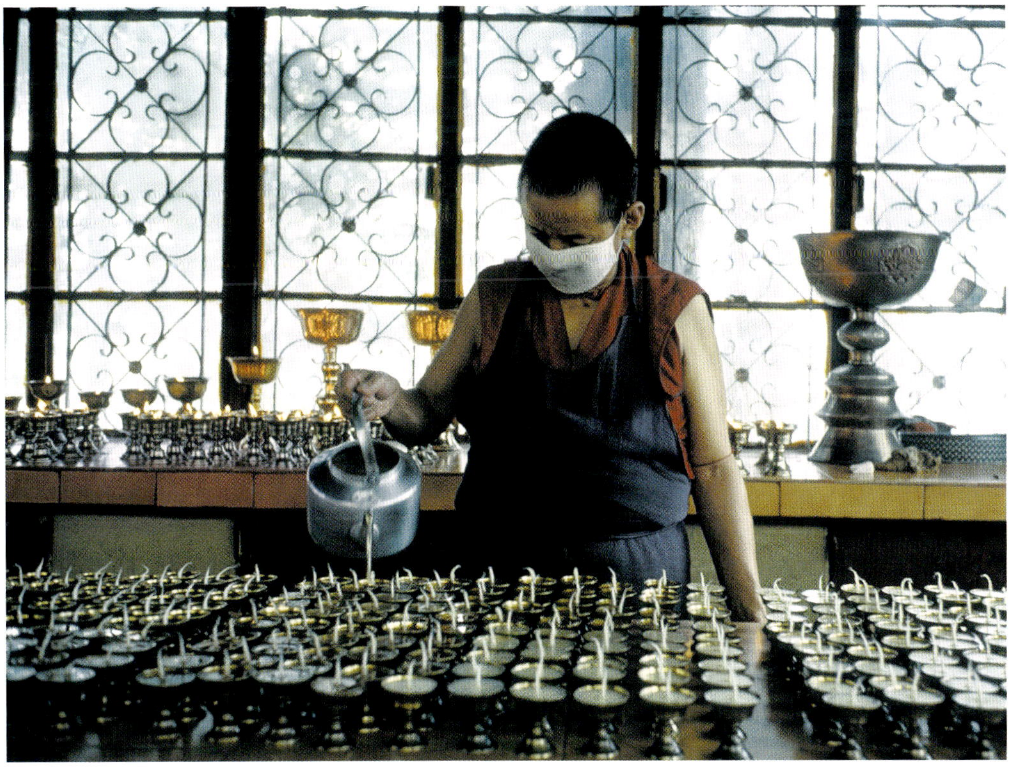

O dalai-lama em uma entrevista coletiva para a imprensa internacional, em Dharamsala, em 18 de março de 2008.
Página da direita: O dalai lama transmite ensinamentos em Zurique, em 2005.

Qualquer pessoa, mesmo hostil, é, como eu, um ser vivo que teme o sofrimento e aspira à felicidade. Ela tem todo o direito de ser poupada do sofrimento e de conseguir ser feliz. Essa reflexão nos faz sentir um profundo envolvimento com a felicidade do outro, tanto amigo quanto inimigo. Essa é a base de uma compaixão autêntica.

Tal compaixão independe da atitude da pessoa. Sentir-se afetado pelo destino de alguém porque ele nos vê com bons olhos não é compaixão. Mesmo hostil, o outro é como eu, um ser humano que teme o sofrimento e aspira naturalmente à felicidade.

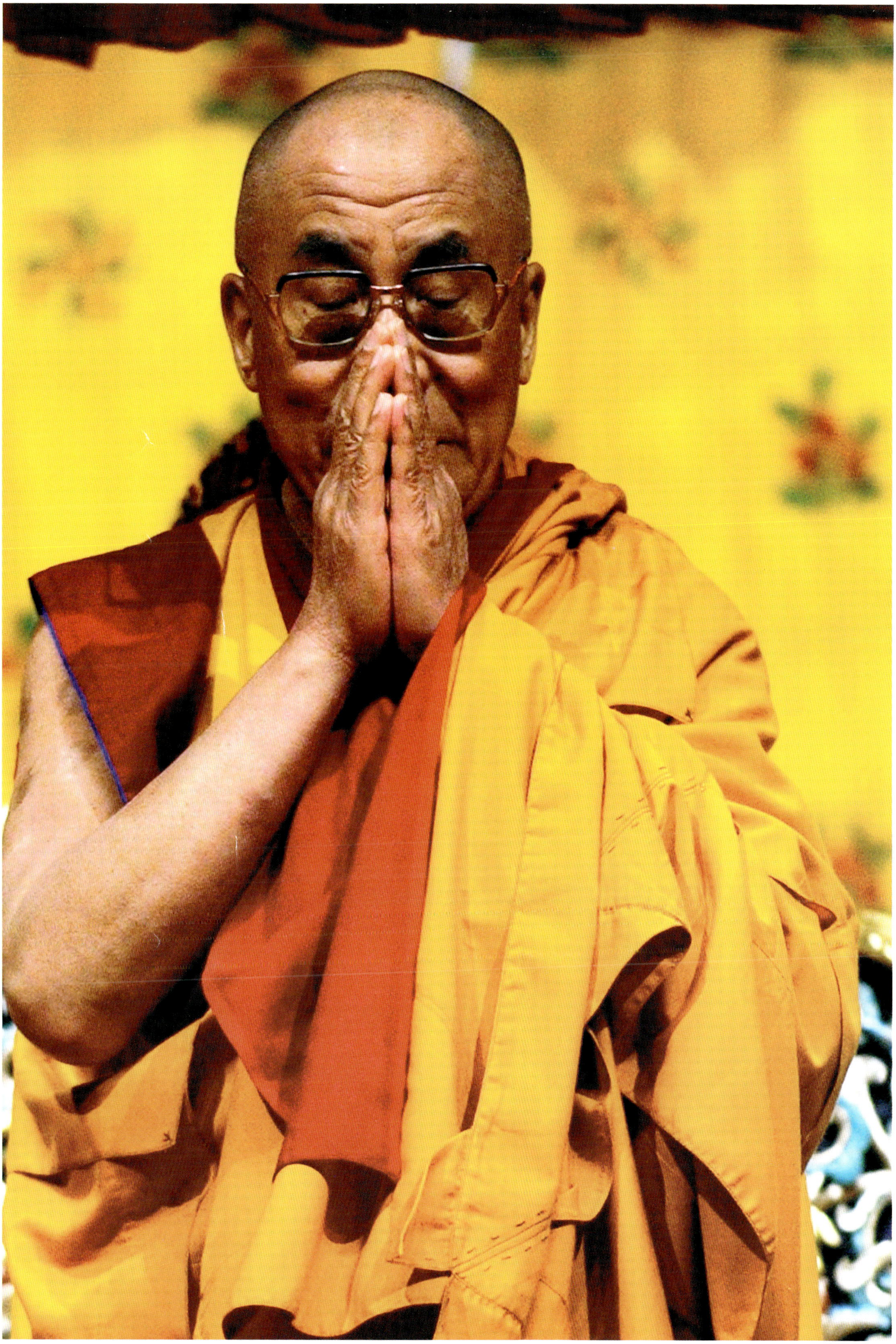

De manhã bem cedo, quando a mente ainda está descansada e especialmente ativa, é o melhor momento para me dedicar à prática espiritual. É por isso que, onde quer que eu esteja, sempre me levanto por volta das quatro horas. Reservo ao menos cinco horas e meia por dia para a oração, o estudo e a meditação. Também acontece de eu rezar durante as refeições ou quando estou viajando.

Neste último caso, tenho três razões para isso: cumprir meu dever cotidiano, ocupar o tempo de modo construtivo e afastar o medo! Na minha prática diária, passo seis ou sete vezes pelas etapas da morte. É um exercício comum entre os budistas e, querendo ou não, todos são chamados – se não obrigados – a meditar sobre a morte. É importante conhecer o processo da morte e se preparar para ela.

Embaixo e página da direita, no alto: Duas fotos do dalai-lama, que começa o dia prosternando-se 108 vezes diante de uma estátua de Buda. Foram tiradas com quinze anos de intervalo por dois grandes fotógrafos, James Nachtwey (embaixo) e Henri Cartier-Bresson.
Página da direita, embaixo: O dalai-lama em seu templo, em Dharamsala.
Página dupla seguinte: Interior da sala principal dos aposentos do dalai-lama, em Dharamsala.

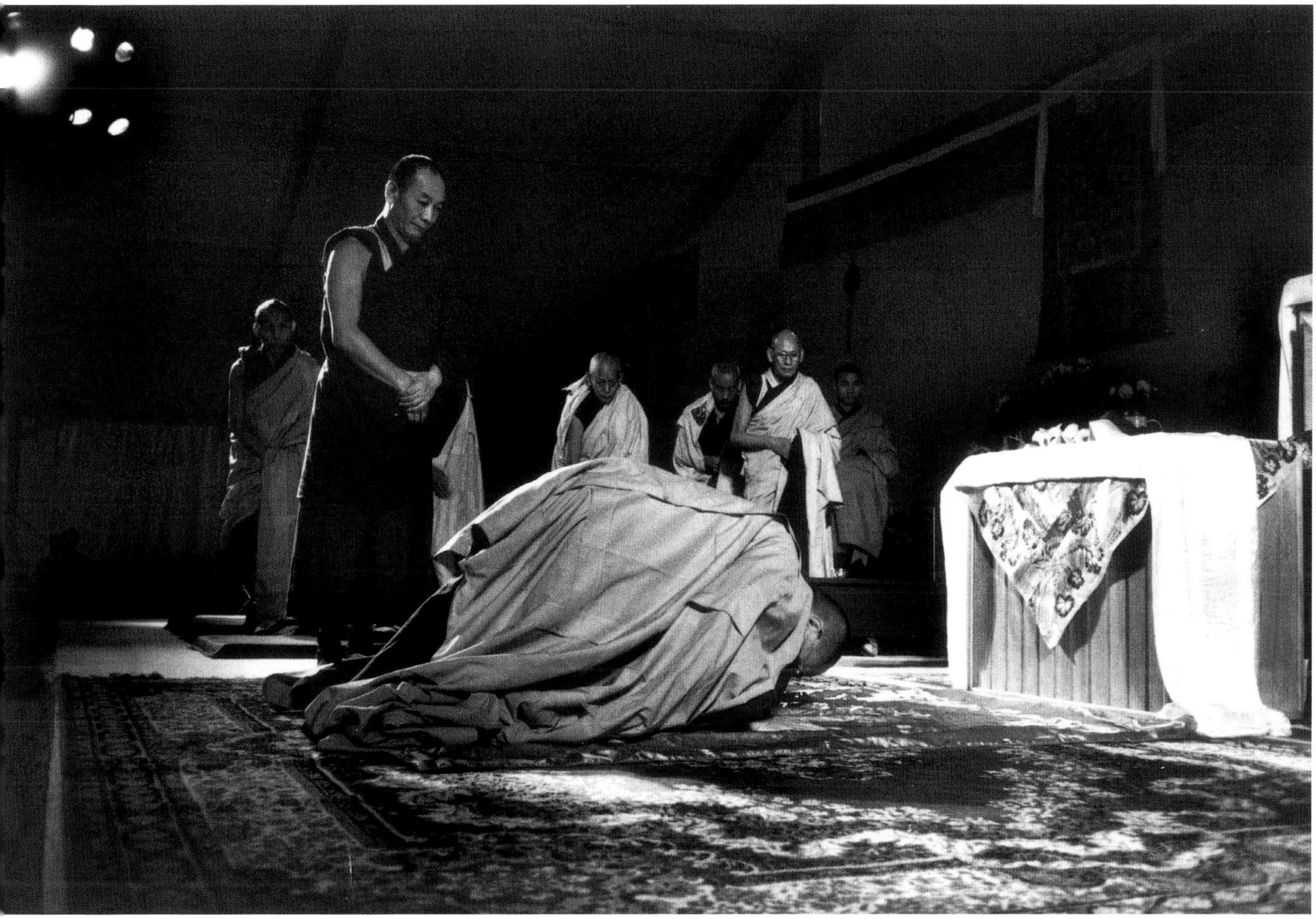

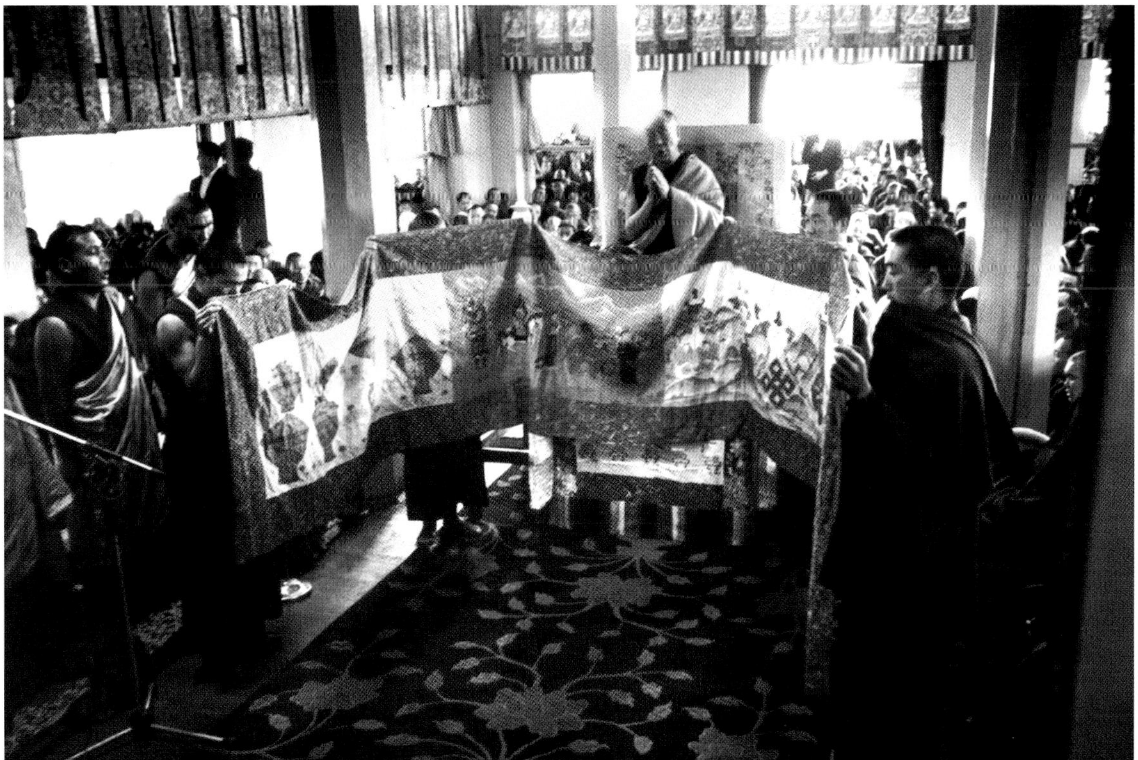

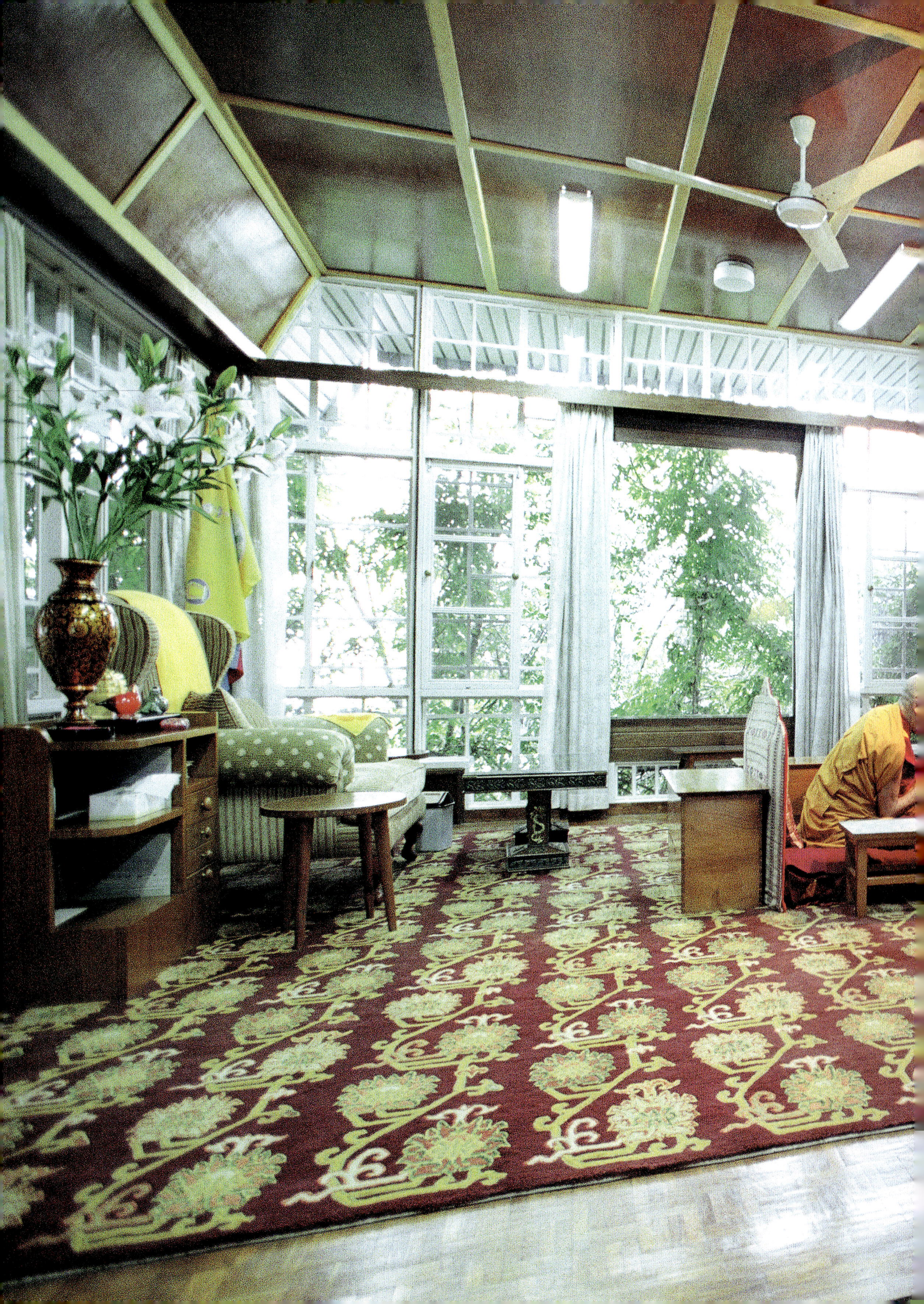

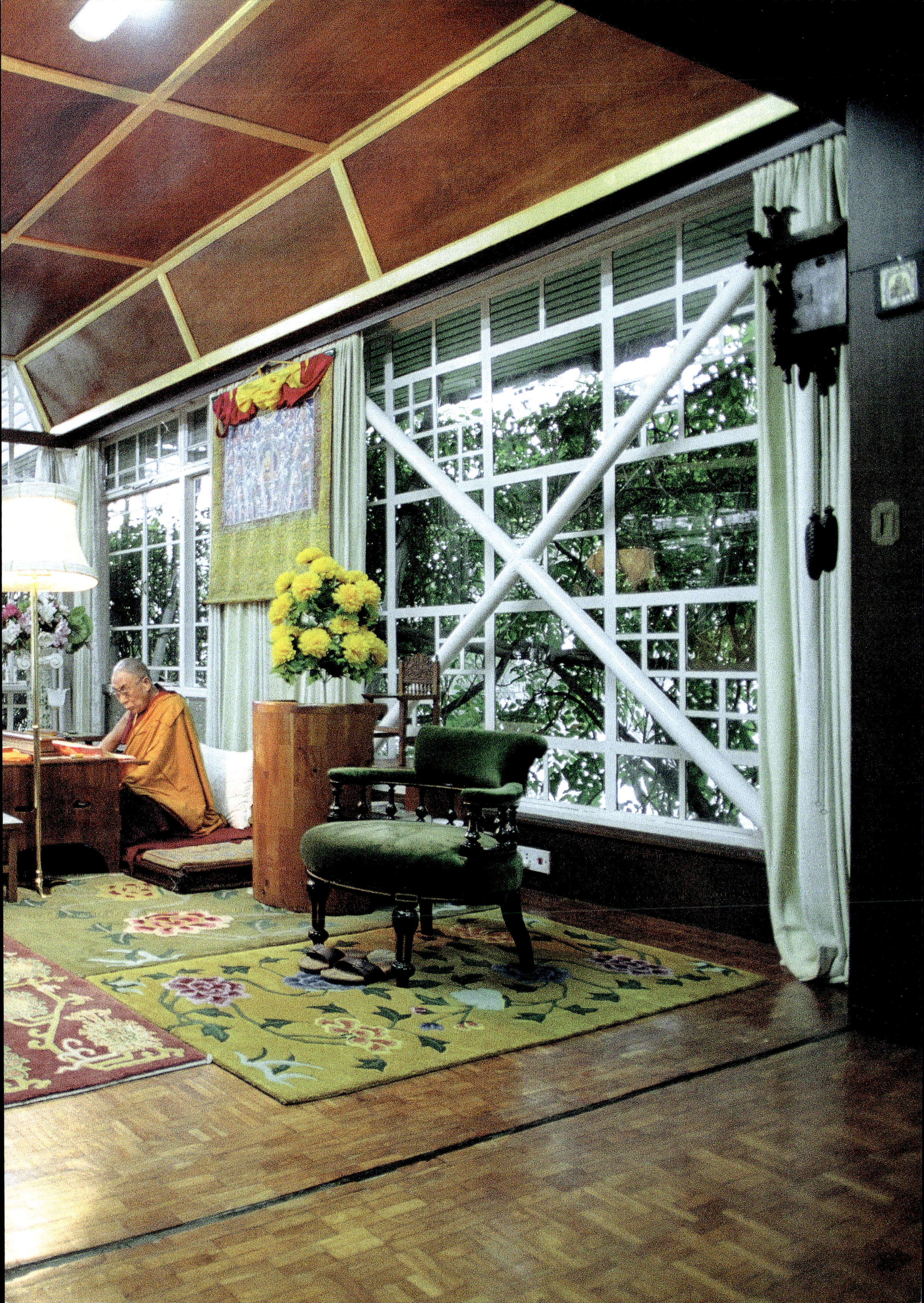

A vida cotidiana do dalai-lama em Dharamsala
No alto: Leitura de textos religiosos.
Ao lado: O dalai-lama gosta de consertar pequenos mecanismos, como relógios de pulso e aparelhos simples, nesse caso um aquecedor.
Página da direita: Em um passeio com seus guarda-costas, sob a proteção do exército indiano.

Por volta das nove horas, se tenho pessoas para receber, vou para o meu escritório. Se não, trabalho nos textos. Rememoro os escritos que estudei no passado e aprofundo os comentários dos grandes mestres das diversas escolas do budismo tibetano. Reflito sobre os ensinamentos e medito um pouco. Almoço por volta das catorze horas. Depois, até as dezessete horas, cuido dos assuntos do dia a dia. Me encontro com os eleitos do povo tibetano, com os ministros do governo no exílio e outros funcionários e recebo visitantes. Lá pelas dezoito horas, tomo um chá. Se sinto um vazio no estômago, peço permissão a Buda e como alguns biscoitos. Por fim, recito minhas orações da noite e durmo em torno das 21 horas. Esse é o momento mais agradável do dia! Durmo tranquilamente até as 3h30 da madrugada seguinte.

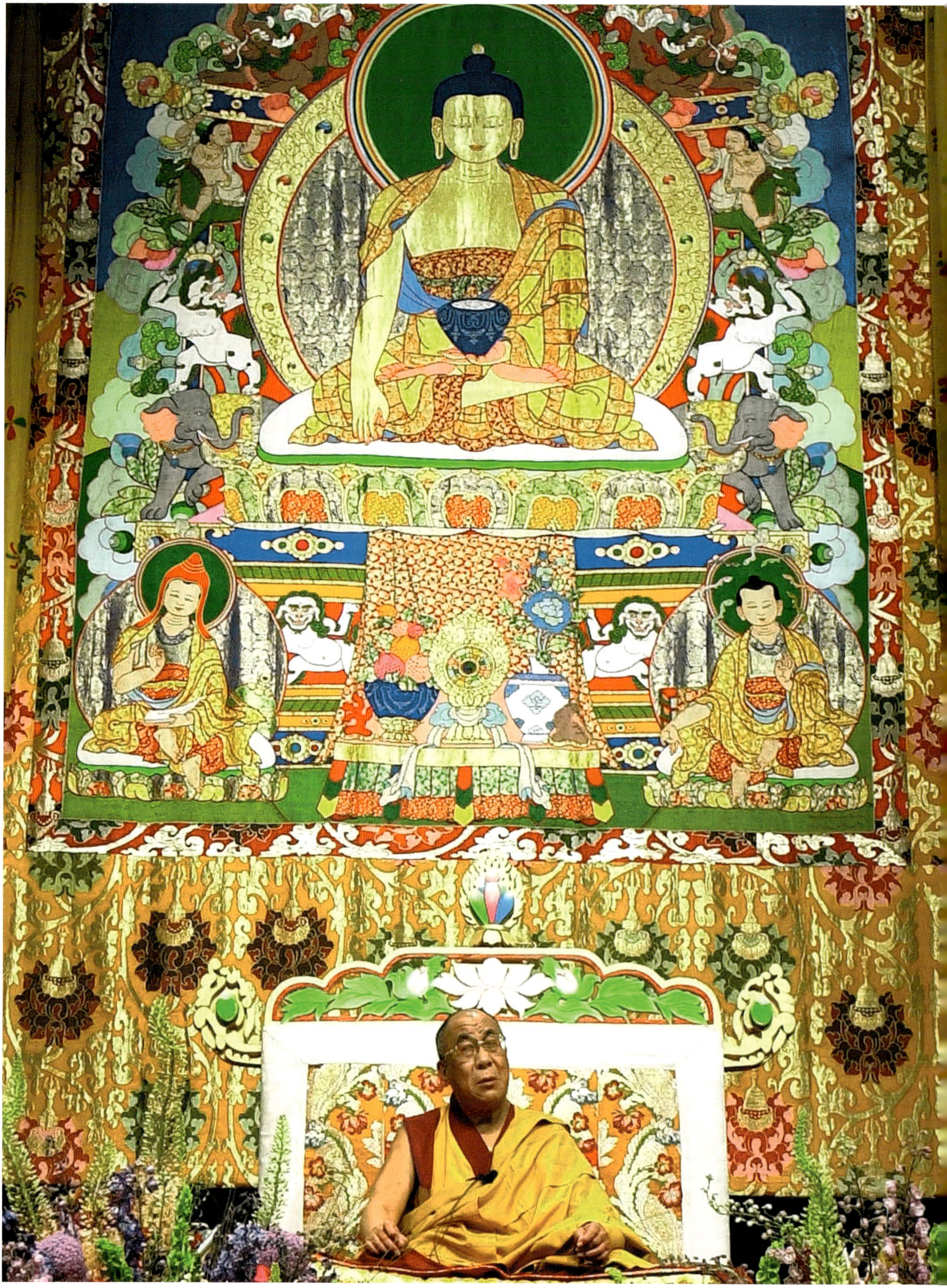

Em 1967 fiz minha primeira viagem para fora da Índia. Desde então, minhas visitas ao exterior se tornaram cada dia mais frequentes – apesar das dificuldades criadas pelo governo chinês. Embora a grande maioria das minhas viagens seja a título pastoral, a convite das diferentes comunidades budistas e tibetanas do mundo, Pequim sempre vê nisso um engajamento político. Essa é a razão pela qual a maior parte dos governos, com medo de dificultar seus negócios com a China, não aceita um encontro oficial.

No alto: O dalai-lama e Matthieu Ricard no Parlamento europeu.
Ao lado: Em 10 de outubro de 1989, o dalai lama recebe o Prêmio Nobel da Paz das mãos de Egil Aarvik, presidente do Comitê norueguês do Prêmio Nobel, na Universidade de Oslo.
Página da esquerda: O dalai-lama transmite ensinamentos em Los Angeles, em 2000.

A alguém que me perguntou o que eu sentia quando os chineses me chamavam de demônio, respondi: "Alguns dizem que sou um 'deus vivo'. Isso é um absurdo. Alguns dizem que sou um demônio com dois chifrinhos. Isso é um absurdo".

Originalmente, o objetivo de todas as grandes tradições religiosas é melhorar o homem, e não prejudicá-lo. Encontramos em todas as espiritualidades a noção de amor ao próximo, mesmo que esse ideal tenha sido muitas vezes desmentido pelos fatos.

Essa distorção ocorre quando empunhamos a religião como uma bandeira, quando a transformamos em imposição, sem compreendê-la nem praticá-la em seu sentido profundo.

No alto: O dalai-lama em um encontro com os chefes espirituais das diferentes religiões, em 1986, em Assis, Itália.

Ao lado: O abade Pierre e o dalai-lama no vinhedo de Marinet, no Valais, Suíça, em 1999.

Página da esquerda, no alto: Encontro com o público francês no Estádio Poliesportivo de Paris-Bercy, em 2003.

Embaixo: O dalai-lama em uma entrevista coletiva na Grã-Bretanha, em 2008.

5. Epílogo

A China apostou no 8, o número sagrado da sorte, da saúde e da prosperidade. Em 8/8/2008, às 8h8min8s, os Jogos Olímpicos seriam abertos em Pequim e o Império do Meio se tornaria o centro do mundo. No entanto, o ano começou com uma tempestade de neve como há muito tempo não se via. Depois, houve uma sucessão de catástrofes: inundações, distúrbios nas fronteiras, acidentes ferroviários, intoxicações alimentares em um grande número de pessoas. Em 12 de maio, 88 dias antes da cerimônia de abertura, um abalo sísmico de magnitude 7,9 – em um primeiro momento estimado em 8 – devastou Sichuan, na fronteira com o Tibete. Para os chineses, era sinal de mau agouro. Segundo as concepções ancestrais da teoria do "Mandato Celeste", o céu dá e tira o poder. Os terremotos sempre tiveram um grande peso no destino dos imperadores. A terra já havia tremido em 1976, na morte de Mao. Oito dias antes, em Chutian, uma cidadezinha do Hubei, um lago de cem metros de diâmetro havia sido engolido por um redemoinho, produzindo um enorme barulho de água sendo tragada e anunciando um amanhã calamitoso. O fenômeno já havia ocorrido três vezes: em 1949, na fundação da República Popular; em 1976, na morte de Mao; e em 1989, na "Primavera de Pequim".

Todos os anos, os tibetanos fazem uma manifestação pacífica em torno de Barkhor, o local mais sagrado da capital, para recordar a revolta de 1959 e pedir o fim da repressão. A cada ano, a exasperação dos lhasapas (habitantes de Lhasa) aumenta. Os Jogos Olímpicos de Pequim eram a última chance de fazer o mundo ouvir a voz de um Tibete sacrificado e lançar um apelo à comunidade internacional. Apesar do policiamento rigoroso, desde que saiu de Olímpia, em 25 de março, a passagem da tocha foi perturbada por militantes pró-tibetanos em vários países e as etapas de risco foram canceladas.

Em 14 de março, dois monges pacíficos foram espancados pela polícia chinesa. Deixando explodir sua fúria, os tibetanos puseram fogo em lojas chinesas. Lançaram paralelepípedos contra os soldados, que responderam com bombas de gás lacrimogêneo e jatos de água. Caminhões do Exército foram incendiados. Alguns hans disfarçados de monges, ou monges tibetanos pró-chineses incumbidos de alimentar a fúria e estimular os atos de provocação, se misturaram aos manifestantes. Tanques entraram nas cidades. Tropas atiraram na multidão. À noite, os soldados arrombaram as portas das casas e levaram homens, mulheres e crianças para destinos ignorados. Arrancaram os cadáveres de suas famílias para destruir as pistas. As revoltas se espalharam por Kham, Amdo e pelas províncias da China onde há tibetanos, como Gansu e Sichuan. Os "*one on zero*", grupos de mafiosos cruéis e sanguinários que lembram estranhamente a Guarda Vermelha da Revolução Cultural, reprimiram os nômades e os camponeses nas províncias mais isoladas. Pessoas foram mortas à queima-roupa. Os lamas tiveram grande dificuldade para acalmar a população.

No início, as autoridades não conseguiram impedir que as imagens das revoltas atravessassem a cortina de aço da censura. A eletricidade foi cortada em Sichuan e em Gansu para impedir que os celulares fossem recarregados. As imagens difundidas por Pequim nos canais de televisão nacionais mostraram tibetanos atacando os chineses, mas nenhum chinês atacando os tibetanos. Pequim denunciou a morte de quinze vítimas chinesas inocentes, porém não disse uma palavra sobre as 4 mil prisões e os duzentos mortos tibetanos.

Em 18 de março, em Dharamsala, o dalai-lama anunciou que capitularia se a revolta dos tibetanos caísse na violência. "Seria suicídio e não tenho nenhum poder sobre a situação." Ele alertou os principais membros do *Tibetan Youth Congress* (Congresso da Juventude Tibetana), movimento radical que se opõe a uma autonomia pela metade e exige a independência total do Tibete.

> Admiro a luta de vocês, mas quer me escutem ou não insisto em lhes dizer que a reivindicação por independência nos põe em perigo. Nosso povo atingiu um ponto crítico da sua história e vocês estão sendo manipulados pela China. A luta pela liberdade é um combate sincero, não um combate guerreiro. Mas não tenho nenhuma autoridade para lhes dizer "Shut up!" ["Calem a boca!"].

Manifestação pacífica de monges tibetanos reprimida com violência em Katmandu.

O primeiro-ministro Wen Jiabao fez uma declaração pública com palavras que não davam margem nem a risos nem a desmentidos: "Apesar de termos agido com o maior comedimento diante dos manifestantes, podemos apresentar provas incontestáveis de que os incidentes que fizeram várias vítimas chinesas inocentes foram fomentados e organizados pelo bando do lobo de túnica de burel". "Lobo com cabeça de serpente", "diabo com rosto humano" são algumas das alcunhas stalinistas usadas para qualificar Kundun. Pequim, que não sabe mais como lidar com o dalai-lama, se empenha em destruir sua imagem, enquanto espera, com uma impaciência não dissimulada, que ele morra. Sem nenhuma imaginação, a propaganda oficial acusou Kundun de "matar criancinhas para beber o sangue de suas cabeças e fazer abajures com a pele de suas nádegas". Atentados terroristas atribuídos aos separatistas uigures* ocorreram em Xinjiang e no subúrbio da capital. A propaganda oficial usou as revoltas para fazer os chineses acreditarem em um conflito étnico e virar a opinião pública contra o povo tibetano. Pequim acusou abertamente o "bando" do dalai-lama de "preparar, com a ajuda dos independentistas uigures, atentados suicidas e ações terroristas para desestabilizar a mãe pátria". "Os insultos são problemas deles, não meus!", caçoou Kundun. "Eles não me impedem de me sentir meio comunista, pois o comunismo prega, como prioridade, o bem do povo. Pena que tenha sido aviltado pelo poder. A China de hoje é um país comunista sem ideologia comunista."

Em 21 de março, Nancy Pelosi, presidente da Câmara dos Representantes dos Estados Unidos e segunda na lista da sucessão presidencial, estava em Dharamsala. Ela apelou para que a comunidade internacional fizesse uma investigação independente sobre as acusações do governo chinês de que Sua Santidade teria sido o instigador das revoltas no Tibete. "A causa do Tibete é um caso de consciência mundial", disse ela. A resposta de Pequim não demorou: "Temos todas as provas, elas são irrefutáveis e estão aqui. As violências ocorreram ao mesmo tempo em diversas regiões do Tibete e todas elas eram da mesma natureza. Foi o lobo com cabeça de serpente que fomentou essas revoltas". Acontece que todos os tibetanos sabem que 10 de março de 1959 é a data da revolta de Lhasa, e os chineses também não ignoravam esse fato quando fecharam o Tibete para o turismo três semanas antes desse perigoso aniversário.

Kundun anunciou que estava disposto a se encontrar com as autoridades chinesas, especialmente com o presidente Hu Jintao. As autoridades de Pequim responderam sem demora, em uma demonstração de que são surdas como uma porta: "Estamos abertos a qualquer diálogo, desde que o dalai-lama desista dos projetos de independência e de secessão".

---

* Povo muçulmano de língua turca, incorporado à China no século XIX. (N. T.)

Pela primeira vez desde 1959, o mundo tinha os olhos voltados para o Tibete, que, depois de ter sido condenado à morte pelo silêncio, arriscava sua sobrevivência entre lágrimas de sangue. A simpatia mundial inspirada por Kundun, que se tornou cidadão do planeta para defender incansavelmente seu povo, teve um papel essencial. Os birmaneses não têm a sorte de ter um dalai-lama.

O chefe tibetano confirmou as prisões arbitrárias, as execuções sumárias, as torturas que levaram à morte. Assinalou que o governo chinês tinha a intenção de enviar mais 1 milhão de hans para a região autônoma depois dos Jogos Olímpicos e citou a Revolução Cultural. Em 4 de maio, as negociações entre as duas partes foram retomadas em Shenzhen, na província de Cantão. Os emissários tibetanos já haviam se encontrado com os chineses sete vezes, sem que nenhum esboço de solução fosse encontrado. Pequim continuou a repisar seu sempiterno discurso: "Enquanto o dalai e seu bando continuarem a pedir a independência do Tibete, não se cogitará nenhum diálogo". É como se os comunistas temessem que, dizendo o contrário, toda a China ficasse malvista.

Quando Pequim ameaça os países que recebem o dalai-lama com represálias econômicas, por "ingerência em assuntos internos da China", todos ou quase todos se dobram à vontade celeste. Angela Merkel se recusou a assistir à cerimônia de abertura dos Jogos Olímpicos e nada aconteceu. Os chineses respeitam aqueles que sabem enfrentá-los. Em 2005, depois de declarar formalmente sua competência universal em matéria de genocídios e crimes contra a humanidade, a justiça espanhola apresentou uma queixa contra sete dirigentes chineses pelos excessos cometidos durante os anos 1980 e 1990. Entre eles estava Hu Jintao, que durante esse período foi chefe do Partido Comunista do Tibete e ganhou o apelido de "açougueiro de Lhasa".

Kundun estima que, na medida em que a China sempre tratou o Grande Tibete como uma entidade especial, diferente de qualquer outra província, a História fornece uma base sólida para um *status* de autonomia do Tibete. O plano de paz de cinco pontos que ele apresentou em 1988, diante do Parlamento Europeu de Estrasburgo, será detalhado e atualizado. Existe um ponto que Kundun preza acima de tudo:

> Nosso país é tão lindo, tão puro, tão claro, que sonho em vê-lo transformado um dia em um verdadeiro santuário da paz: uma região completamente desmilitarizada, o maior parque nacional ou biosfera do planeta, um lugar onde todos os homens poderiam viver em harmonia com a natureza. Vocês não acham que seria um bom negócio? Vocês passariam férias tranquilas lá e nós ganharíamos dinheiro sem sermos obrigados a trabalhar demais. É importante desenvolver o turismo, não é?

Como essa ideia o joga em um abismo de alegria, Kundun cai na risada – essa risada do mundo que ele oferece como se estivesse oferecendo o céu.

Fico profundamente triste com as vidas perdidas nos trágicos acontecimentos de 2008, quando tibetanos inocentes sofreram a brutalidade das forças chinesas no Tibete, e tenho consciência de que chineses também encontraram a morte. Eu me solidarizo com as vítimas e com as famílias e oro por elas. Os recentes distúrbios mostraram nitidamente a gravidade da situação no Tibete, bem como a urgência de encontrar uma solução pacífica e mutuamente benéfica por intermédio do diálogo. Mesmo nas atuais circunstâncias, expresso minha vontade de trabalhar com as autoridades chinesas para estabelecer a paz e o equilíbrio.

Manifestação de apoio ao Tibete e contra os Jogos Olímpicos de Pequim em 2008.
Embaixo, da esquerda para a direita: Uma manifestante vigiada por um policial em uma prisão de Lhasa, em 27 de março de 2008. Policiais se protegem das pedras jogadas pelos manifestantes durante os distúrbios em Lhasa, em março de 2008. Tibetanos fogem dos confrontos entre manifestantes e soldados chineses.
Página da esquerda, no alto: O dalai-lama em uma conferência sobre os direitos humanos e a globalização, durante o Congresso de Ruhr, na Alemanha.

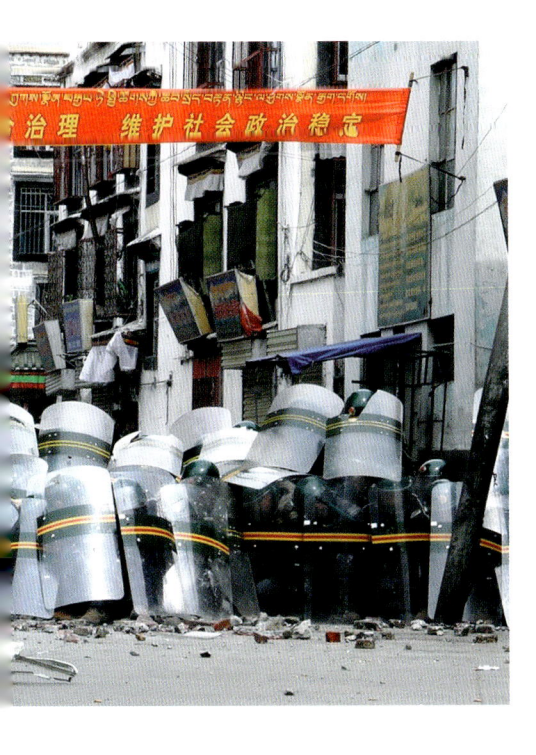

Desde o início, apoiei a ideia de que a China devia sediar os Jogos Olímpicos e aconselhei meus compatriotas em Lhasa e em outros lugares a não fazer manifestações contra a tocha olímpica. A China tem de caminhar na direção da atual tendência internacional de liberdade de ser e de pensar e de respeito aos direitos humanos. O povo chinês começa a reivindicar isso.

No alto: Cerimônia de encerramento da transmissão da tocha olímpica em frente ao palácio de Potala, em 2008.
Ao lado: O presidente chinês Hu Jintao na passagem da tocha olímpica pela praça Tien an Men, em Pequim.
Página da esquerda: Cerimônia de abertura dos Jogos Olímpicos de Pequim, em 8 de agosto de 2008.

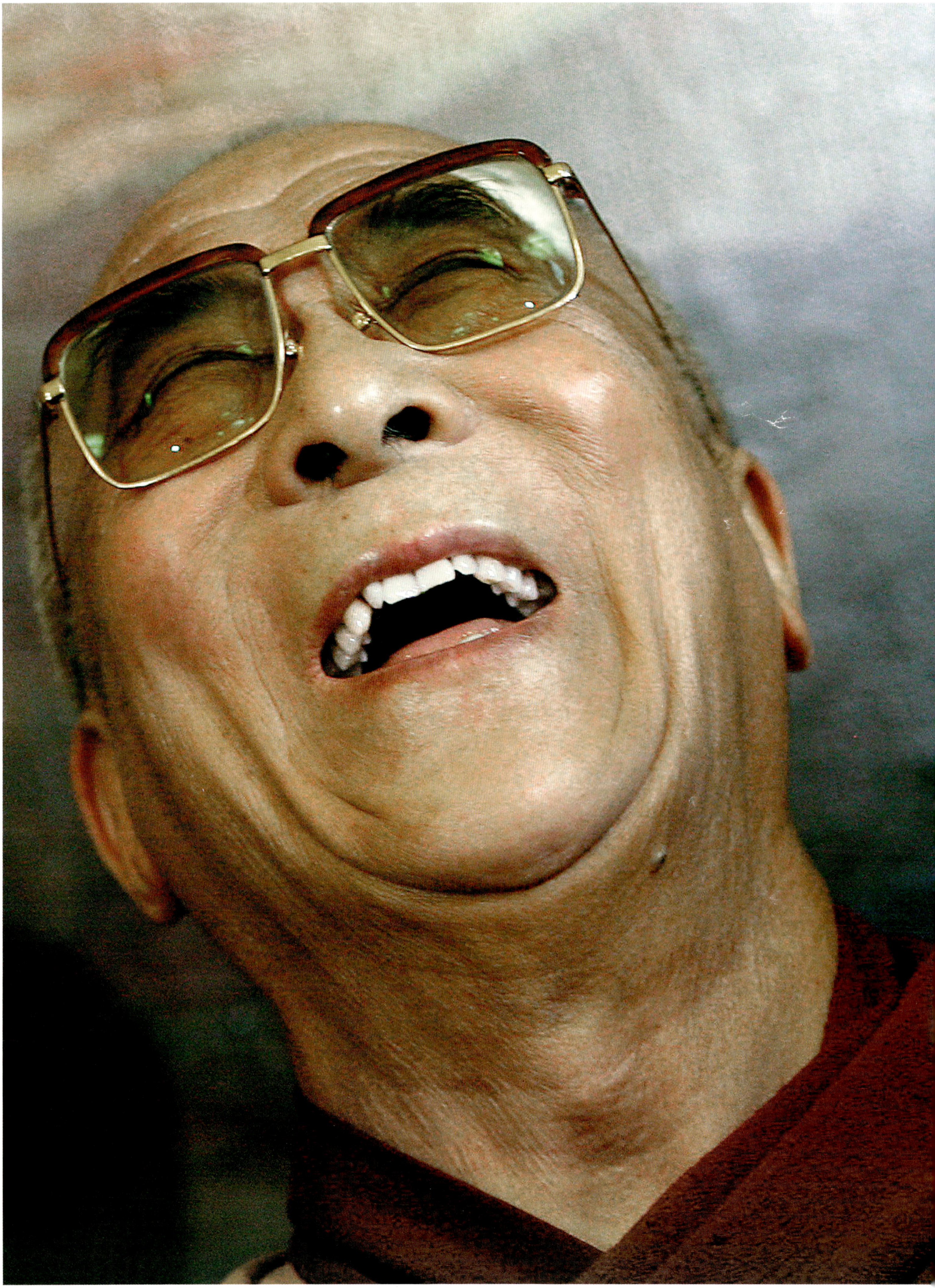

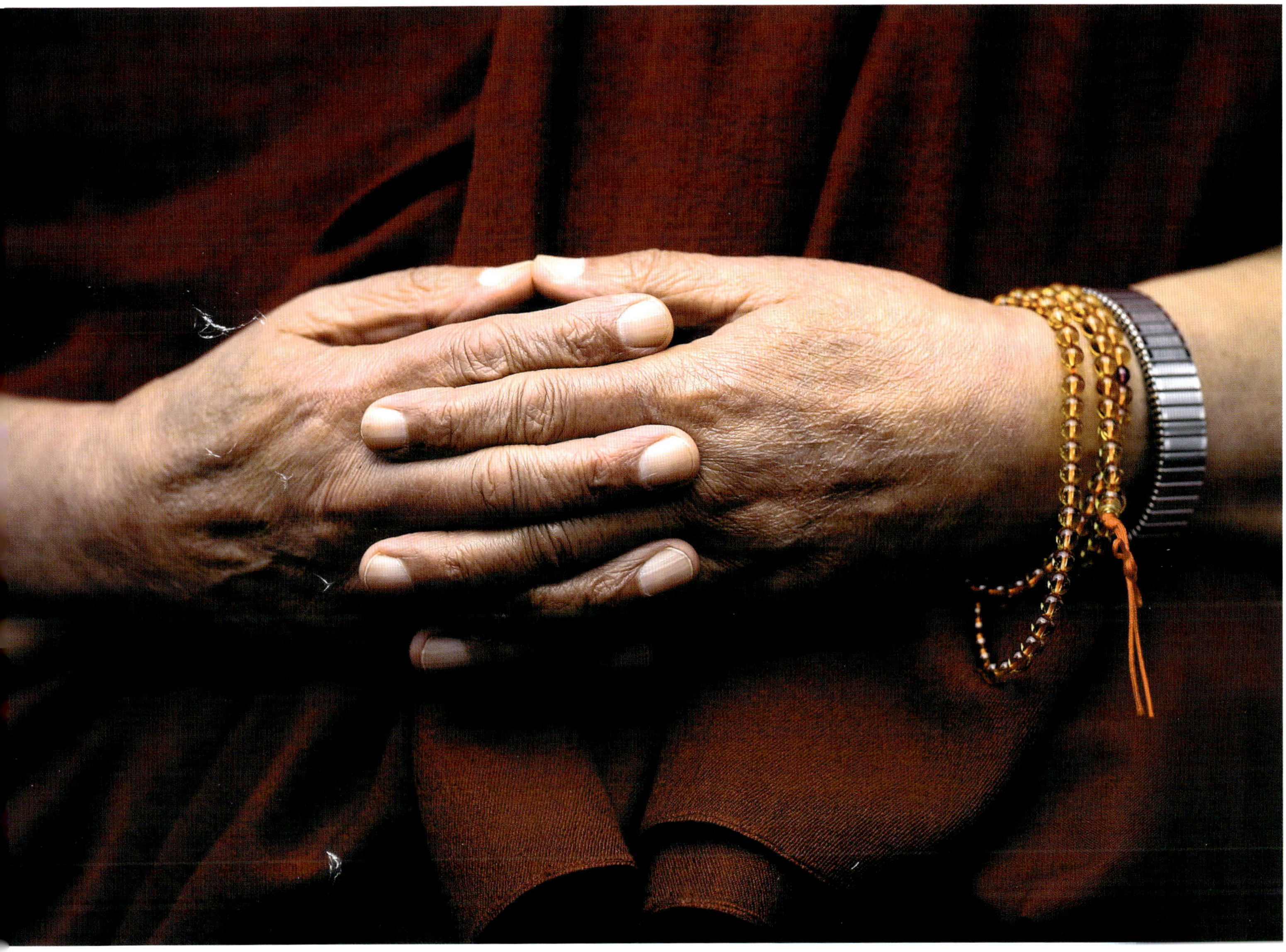

Quando o Tibete voltar a ser um Estado livre e autônomo, abandonarei a função política e oficial. Como simples monge, estarei mais perto do meu povo, mais disponível, e serei mais útil também.

Sumário

Prefácio, *4*

1. E Lhamo Dhondrup se tornou o 14º dalai-lama, *10*
2. Da invasão chinesa à fuga para a Índia, *38*
3. O Tibete sem o dalai-lama, *58*
4. O Tibete no exílio, *82*
5. Epílogo, *108*

Créditos

CORBIS:
capa (Doane Gregory/Sygma), 15 (coleção Hulton-Deutsch), 20 e 21 meio dir. (Bettman), 27 emb. (Craig Lovell), 49 (Bettman), 68 alto e 69 (Anna Branthwaite).

MUSEU BRITÂNICO:
10, 11, 21 emb., 23, 27 alto, 32 emb.

ARQUIVOS DO INSTITUTO NORBULINGKA:
12, 18, 19, 22 emb., 33, 41, 50, 51, 54, 55, 57 emb., 88 alto, 88 emb. esq., 90, 91, 4ª capa.

MUSEU PITT RIVERS:
13, 14, 21 alto, 21 meio esq., 24-5, 26 emb., 28 emb., 30, 32 alto, 34, 35, 36 emb.

RUE DES ARCHIVES:
16 (BCA/CSU), 17 emb., (SVB), 39 (BCA/CSU), 42 e 43 (Tal), 48 emb., 56 emb., 57 alto (AGIP), 97 (SPPS).

D.N. TSARONG/CRI-LORRAINE:
17 alto, 37, 44 meio, 44 emb.

KEYSTONE – FRANÇA:
22 alto, 28 alto, 29, 31, 36 alto, 38, 44 alto, 45, 46 alto, 47, 48 alto, 52, 56 alto, 87 alto, 88 emb. dir.

MUSEU DE ETNOLOGIA DA UNIVERSIDADE DE ZURIQUE/ HEINRICH HARRER:
26 alto.

AFP PHOTOS:
40, 46 emb., 53, 59, 60 dir., 66, 67, 76 alto, 77 alto (Mark Ralston), 86 alto, 89 alto, 96 (Manan Vatsyayana), 104 (Lucy Nicholson), 105 emb. (Olav Olsen), 111 emb. (Rune Backs), 113 emb. (Peter Parks).

DIREITOS RESERVADOS:
58, 60 esq.

RAPHO:
61 (Pierre-Yves Ginet), 63 emb. (Julien Chatelin), 64 alto (Michaël Yamashita), 70 e 71 (Pierre-Yves Ginet), 76 emb. (Michaël Yamashita), 80 emb. (Pierre-Yves Ginet), 81 meio e 94 emb. (Julien Chatelin), 95 alto (Hervé Bruhat).

GAMMA:
62 (Arnaud Prudhomme), 63 alto (Xinhua – Nova China), 65 alto (Arnaud Prudhomme), 68 emb. (Xavier Rossi), 78-9 (François Lochon – Frédéric Reglain), 81 emb. (François Lochon), 82 (Xavier Rossi), 84 (Arnaud Brunet), 85 (Davies Karen), 106 alto (Arnaud Brunet), 106 emb. (Hugo Philpott /UPI), 108 (Noël Quidu), 110-11 meio emb. (Xinhua – Nova China).

JACQUES TORREGANO/ FEDEPHOTO:
64-5 emb., 73 emb., 81 alto.

AKG – IMAGES:
72 alto (Mark de Fraeye).

GETTY IMAGES:
72 emb. (Paula Bonstein), 86 emb. e 87 emb. (John Dominis/ Time Life Pictures), 89 emb. (Radloff/ Three Lions), 110 alto (Patrick Stollarz), 113 alto (Guang Niu), 115 (Carsten Koall).

MAGNUM PHOTOS:
73 alto (Steve McCurry), 83 (Raghu Rai), 99 alto (Henri Cartier-Bresson), 99 emb. (Martine Franck), 102 emb. (Raghu Rai), 107 alto (Ferdinando Scianna).

SIPA:
74-5, 77 meio e 77 emb. (Jeremy Hunter), 110 emb. (Andy Wong).

DAVID LEFRANC:
80 alto.

COSMOS:
92, 93, 94 alto, 94 meio e 95 emb. (Hélène Bamberger), 107 emb. (Gilbert Vogt).

VII:
98, 102 alto e 103 (James Nachtwey).

MANUEL BAUER/ FOCUS – CONTACT PRESS IMAGES:
100-1, 105 alto.

REUTERS:
111 alto (Susana Vera), 112 (Jeremy Lampen).

EPA:
114 (Andy Rain).

GODONG:
116 (P. Deliss).